暗闇に秘めた恋

山野辺りり

イースト・プレス

contents

プロローグ

真っ暗闇の世界の中、少女はその足音に胸を高鳴《たかな》らせていた。

足早な、けれど品のある靴音《くつおと》が、迷うことなくこの部屋へと向かってくる。フェリシアに会うために通ってきてくれる。それをどれだけ心待ちにしていたことか。

ほらもうすぐ。扉の前で立ち止まった彼が、ノックをするために手をあげたのが見える気がした。

「叔父様《おじ》！　待っていました、どうぞお入りになって！」

待ちきれず、先に入室を促《うなが》してしまう。その焦《あせ》った様子に、彼が小さく笑った気配がした。

『はしたないよ、フェリシア。良家の子女がそんなに大きな声を出すのもいただけない』

待ち焦がれた人が近づいてくる気配の後、そっと握られたフェリシアの小さな手の平に、細く長い指が文字を綴《つづ》る。短く切り揃《そろ》えられた爪《つめ》と筋張った大きな手、瑞々《みずみず》しく張りのある肌が、紛れもなく相手が年若い男性だと教えてくれた。

「……ごめんなさい、叔父様。でも私、今日をとても楽しみにしていたの。だって、昨日はいらしてくださらなかったでしょう？　あ、責めているわけではありません。その、お風邪が悪化したのかと心配で……」

フェリシアが眼の病を患《わずら》うようになってから、もうひと月が過ぎようとしている。最初は大勢の医師や見舞客が引っ切りなしにやってきたが、栄養をとり安静にしているより他に治療法はないと診断されて以来、屋敷中がひっそりと沈み込んでいた。

部屋にやってくるのは、世話をしてくれるメイドだけ。父でさえ、忙しさを理由に哀《あわ》れな娘から逃げ腰になっている。

そんな中、変わらず元気づけてくれるのは、叔父のアレンだけだった。フェリシアが幼い頃に母をなくして以来いつも気にかけ傍《そば》にいてくれたアレン。父とは年が離れた兄弟のため、年齢はフェリシアと十歳しか変わらない。だから、『叔父』というよりは『兄』という立ち位置に近いかもしれない。昔から、それこそ生まれたときから可愛がってくれた彼をずっと敬愛していたし、きっと誰より懐いてもいた。アレンが傍にいてくれたからこそ、寂《さび》しさを紛らわせてこられたのだ。

しかしその気持ちが最近では、少しずつフェリシアの中で変わり始めている。

純真だった思慕《しぼ》に別の感情が交ざり始めたのは、皮肉にも眼が見えなくなってからだ。

時に聴覚の鋭敏さは視覚を凌駕《りょうが》する。

瞳《ひとみ》から得られる情報に頼れない分、フェリシアは他者の言葉に敏感になった。そしてそれさえ役に立たないとなれば、気配を探る能力を磨《みが》いた。相手の吐息、触れる手の優しさ。それらは、見た目では分からない真実の心を雄弁《ゆうべん》に語ってくれることがある。今までは明るく朗《ほが》らかな人柄だとばかり思っていた叔父の、思慮深く繊細《せんさい》な気遣いを知ることができた。

『ごめんよ。風邪はもうだいぶいいんだ。喉《のど》が痛くて、まだ声は出せないけれどね』

指先で綴られる言葉を読み取って、フェリシアは両眼に包帯の巻かれた頭を振った。

「いいえ、体調が芳《かんば》しくないのに、我儘《わがまま》を言ってごめんなさい」

『我儘なんかではないよ。僕も、フェリシアに会いたかった』

「叔父様……」

そっと吐息が近づいて、額に口づけられたのを感じた。労《いた》わりのキスに、フェリシアの気持ちは舞い上がりそうになる。幼いながらに高鳴った胸は、飛び出してしまうのではないかと心配になるほど速度を増した。

『今日も花を持ってきたよ。何の花だか分かるかい？　当ててご覧』

鼻先に花束を寄せられたのか、彼が入室してから香っていた芳香《ほうこう》がより一層濃厚なものになった。それを胸いっぱいに吸い込み、フェリシアは満面の笑みを浮かべる。

「薔薇《ばら》ね！　とってもいい香り」

『正解。それもフェリシアの一番好きな黄色だ。見事正解したご褒美《ほうび》は何がいい？　とびきり甘いお菓子かな』

「ありがとうございます。叔父様は私の好きなものを何でも知っているのね。でも欲しいものなんて何もないの。それよりも、またこうしてきてくだされば……叔父様がいらしてくださらないと、誰も私に会いにはきてくれないから……」

フェリシアは元々内向的で友人が少なく、自分からお喋《しゃべ》りに興《きょう》じる方ではない。父でさえ持て余す娘を、使用人たちもどう扱ってよいのか分からないのだろう。まして、現在一時的とはいえ視力を失っている少女への接し方など、戸惑っても仕方ない。

安静にするようにという医師の言葉もあって、フェリシアは毎日ベッドの上でぼんやりと過ごす以外になかった。来訪者も変化もなく、退屈で憂鬱《ゆううつ》な毎日。

だからこそ、叔父の訪れを心待ちにしていたのだが、二週間前から彼は今年大流行している風邪にかかってしまったらしい。感染する病ということで、当然フェリシアからは引き離された。屋敷内にある自室で療養中だと聞かされていたが――

「まだ上手く声も出せないのに、私に会いにきてくださって、本当に嬉しい……」

温かい大きな手を、フェリシアは両手で握った。声を発せない彼と、眼が見えないフェリシアとでは、会話は手の平に刻まれる言葉で交わすしかない。だからそれを封じてしまえばお互いの意思疎通《そつう》は困難だった。でも、それでも全く構わなかった。

ただこうして傍にいてくれるだけでいい。

ベッドの横に腰かけて、時折触れてくれればそれで充分。包み込まれるような気配を感じられれば、今まで押しつぶされそうだった不安も孤独感も吹き飛んでしまった。ついこの前までは、叔父のアレンは明るい太陽のような人だと思っていたけれども、いざとなれば月のような包容力でフェリシアを安らかな気持ちにさせてくれる。それを知っているのは、きっと自分だけだ。今のフェリシアにとっては、眩《まぶ》しすぎる光よりも、こんな風に優しく照らしてくれる明るさが丁度いい。

「大好きです……叔父様。私のこの眼、ずっとこのままだったらどうしようと心配で堪《たま》らなかったけれど、叔父様が一緒にいてくださるなら、大丈夫だという気がします……」

俯いたフェリシアのつむじに、そっと吐息が落ちた。そして、ひどくゆっくり抱き寄せられる。宝物を扱うかのように優しく、丁寧《ていねい》に。

「叔父様……？」

広い胸板に頬を擂《す》り寄せ、幸福感に満たされた。恐る恐る自らの手も彼の背中へと回せば、僅《わず》かな緊張が伝わってくる。その強張りが自分のものか、叔父のものか分からないまま、フェリシアは眼を閉じて薔薇の香りを吸い込んだ。

1　秘めた想い

　フェリシアは朝露《あさつゆ》に濡れた薔薇の花を慎重に選んでいた。

　赤や白、オレンジやグラデーションに花弁を染めたものまで、沢山の種類が今を盛《さか》りと咲き誇っている。貴族とはいっても、さほど裕福ではないアシュトン子爵家の庭園は狭い。それでも、庭師が毎日手塩にかけて育ててくれている花々は、皆いきいきと日の光を浴びて綻《ほころ》んでいた。

「フェリシアお嬢様、そんなことなら私がいたしますのに」

「いいのよ。花は朝のこの時間が綺麗なんだもの。見ないと勿体《もったい》ないわ。それに、部屋に飾るものは自分で選びたいというただの我儘だから、許してね？」

　気に入った数本を鋏《はさみ》で切ったフェリシアは、笑顔で初老の庭師を振り返った。蜂蜜《はちみつ》色の髪がふわりと揺れる。

「ですから、決めてくだされば私がやりますよ。ああ、棘《とげ》で手に傷がついたらどうするおつもりですか。ドレスの裾も汚れてしまいます」

心配そうに後ろから覗き込んでくる庭師の男に、フェリシアは摘んだばかりの花を渡した。今日はいつもより沢山飾る予定だから、まだまだ足りない。

「ちゃんと気をつけているわ。それに後で着替えるから大丈夫よ」

「そういう問題ではありません！」

言い募る彼を置いて、フェリシアは他に良さそうな薔薇を物色した。どれも立派で綺麗だが、本日は黄色を基調にしようと決めている。そこに白を交ぜ、柔らかで温かみのある花束にするつもりだ。何せ今日は特別な日だから――

「ああ、アレン様が久し振りにいらっしゃる予定ですものねぇ……」

「……っ！」

しゃがみ込んでいたフェリシアはその言葉に固まった。そして俯いたまま声を震わせる。

「そう、だけれど……でも、どうして？」

「お嬢様がそんなに明るくはしゃいでいらっしゃるのは、アレン様絡みのことと決まっていますから」

古くからアシュトン子爵家に仕えてくれている庭師は、フェリシアが生まれる前どころか、父の子供の頃からも知っている。当然、フェリシアがどれだけ叔父であるアレンを頼りにし、懐いていたかも熟知していた。

「昔はねぇ、この屋敷もそりゃぁ賑《にぎ》やかだったものですけれど、アレン様が独立なさってからはすっかり寂しくなってしまいましたものね。お嬢様が今日を楽しみにしていらっしゃるのは当然だと思いますよ」

うんうんと頷《うなず》きながら皺《しわ》だらけの顔を綻ばせる庭師は、叔父を慕う姪《めい》を純粋に微笑ましく思っているらしい。それを否定もせず、かといって強く肯定もせず、フェリシアは次に眼をつけた薔薇の茎《くき》へと手を伸ばした。

「……そうね。叔父様は饒舌《じょうぜつ》でその場を明るくしてくれる方だから……」

あくまで、親戚の一人として。精々が妹の領分を壊さないように。フェリシアは睫毛《まつげ》を伏せて小さく息を吸い込んだ。

「旦那様も、さぞや心待ちにしていらしたことでしょう」

「ええ。珍しく昨晩からそわそわしていらっしゃるわ」

そうでしょうとも、と続ける庭師の顔を見る勇気は、フェリシアにはなかった。今、顔をあげてしまえば、酷《ひど》い表情をしているだろう。きっと動揺が顔に表れてしまっている。

――駄目。隠し通すと決めたのでしょう？

言い聞かせたのは自分自身に。幼い頃の憧れは、今や胸の中で大きく枝を伸ばしている。張り巡らされた根は、苦しいほどに心を締めつけていた。

――この気持ちは、叔父様の迷惑にしかならない……

この国では三親等以内の結婚は禁じられている。そうでなくとも一族内での婚姻は望ましくないとされていた。貴族ならば家の繁栄のため、他家と結ぶのが当たり前だ。どちらにしても、フェリシアの想いが報われることなどあり得ない。まして、相手にその気が微《み》塵《じん》もないと分かっていれば、尚更。

――叔父様にとっては、私は『家族』でしかない。

ならば、あらゆる人に迷惑をかけてまで、打ち明ける気など毛頭《もうとう》なかった。今まで通り、妹として扱ってもらえれば、それで充分。それ以上は望まない。だから、どうかこっそり想い続けることは許して欲しい。

「これくらい摘めば大丈夫かしら」

両手に沢山の薔薇を抱え、フェリシアは立ち上がった。

昔、病気で一時期視力を失っていたときに叔父から薔薇を貰ったのを思い出す。あのときは、回復する前に枯《か》れてしまい泣く泣く処分したので、どんな色形をしていたのかは最後まで自分の眼で確認することはできなかったけれども、さっとこんな風だったに違いない。大輪で、肉厚な花弁を綻ばせた、艶《つや》やかな黄色い薔薇。フェリシアの好きな品種と色。

吸い込んだ香りは、思い出の中とよく似ていた。

「フェリシア！　しばらく見ない内に、随分綺麗になったね。まるでお姫様のようだよ」

両手を広げたアレンが垂《た》れめな目尻を更にさげ、足早に近づいてきた。

叔父の到着を知らせる声に、玄関ホールまで出迎えにきたフェリシアは、高鳴る胸を押し隠して優雅に淑女《しゅくじょ》の礼をする。

「叔父様、お久し振りです。またお口が上手になられたようですね」

「本当のことを言ったまでだよ。驚いたなぁ……女性はあっという間に蛹《さなぎ》から蝶《ちょう》になる」

それがお世辞《せじ》や親戚の贔屓《ひいき》目だと分かっていても、嬉しかった。好きな男性に褒《ほ》められて、嬉しくない女性などいるはずがない。ただの挨拶にすぎないキスも、頬が赤くならないよう己を律するので精一杯だった。

約ひと月振りに会った叔父は、長身の体躯《たいく》に変わらぬ朗らかな笑みを浮かべていた。金色の髪は癖《くせ》が強く、光を受け柔らかに輝いている。焦げ茶の瞳は丸く、男性的な太い眉と通った鼻筋からの威圧感を適度に和らげていた。

「やれやれ……お前は到着早々、騒がしいな。もう二十八だろう。少しは落ち着いたらどうだ？　そんなありさまで仕事はきちんとこなしているのか」

「兄さん、着いていきなりお説教ですか？　勘弁してくださいよ。今日は親友も連れてきているのに」

フェリシアの父親が咎めると、アレンは背後に立つ一人の男を指し示した。

「覚えているでしょう？　昔はよく屋敷にも遊びにきてくれましたから。以前話した通り、今回の休暇はエセルバートと一緒に滞在させてもらいます」

「お久し振りです、アシュトン子爵。この度はお招きに預かりまして、光栄です」

優雅に微笑む彼は、少し長めの前髪から覗く青紫色の瞳を細めた。その整った美貌《びぼう》は近寄りがたいほどだが、笑顔になれば甘く柔らかな印象になる。アレンほどの高身長ではないが、均整《きんせい》のとれた手足と細面《ほそおもて》の顔立ちは優美で、美術品めいた静謐《せいひつ》さが漂っていた。決して華美ではない品のいい服を見事に着こなして、所作も綺麗なため人目を惹く。帽子《ぼうし》を受け取ったメイドも、頬を赤らめながら慌てて頭をさげた。

「おお、エセルバート様。ようこそいらっしゃいました。不肖《ふしょう》の弟がご迷惑をおかけしているのではないですか？」

「いえ、そんな。いつも助けていただいています」

低く落ち着いた声は耳に心地いい。しばらくぶりに聞いた声音は、フェリシアの記憶にあるのと寸分違わない。アレンと同じくらい、フェリシアは彼のことも待っていた。

「フェリシア様もお久し振りですね。半年振り、でしょうか。本当にお美しくなられた」

「そんな……エセルバート様もお世辞がお上手ですね」

自分よりもずっと整った顔立ちの男に褒められては、賛辞《さんじ》も素直に受け取れない。社交辞令を軽く受け流して、フェリシアは二人を改めて見つめた。

叔父の学生時代からの友人であるエセルバートは、昔はよくこの屋敷にも足を運んでいた。年は叔父よりも二歳下のはずだが、とても気が合うらしい。アレンが卒業してからもその付き合いは途切れることなく、結局三年前、ついに二人で起業するに至った。

いくらアレンがアシュトン子爵家現当主の弟といっても、この家を相続する可能性は極めて低い。フェリシアが婿《むこ》を取り、その相手が継ぐのが自然な流れだろう。そのため叔父は起業して身を立てようと考え、仕事のパートナーとして選んだのが昔から切れ者と名高いエセルバートだった。

『万年首席《しゅせき》だったこいつがいれば、絶対成功するに決まっているから』

そう快活に笑ったアレンへ『買いかぶりですよ』と控えめに手を振ったエセルバートをフェリシアはよく覚えている。学生時代と変わらず仲の良い二人を見られ、とても嬉しい。昔は男二人で話しているところに交ぜてもらおうと、いつも機会を窺《うかが》っていたものだ。

「お二人とも、お疲れでしょう？　ゆっくり寛《くつろ》いでください」

母のいないアシュトン子爵家の女主人はフェリシアだ。待ち望んだ客が心地好く過ごせるよう、使用人たちに素早く目配せをする。

「いやぁ、すっかり立派になって……あんなに引っ込み思案で下ばかり向いていたフェリシアが……」

「叔父様、そんな子供の頃の話はやめてください」

ポンポンと、彼に頭を撫《な》でられるのは幼い頃に戻ったようで気持ちがいい。けれども、子供扱いされているのにすぎないと気がついて、悲しい気分にもなってしまう。

フェリシアは今年で十八歳になる。もう、いつ結婚してもおかしくない年齢なのに、叔父にとってはいつまで経っても手のかかる妹のような存在でしかないのだと突きつけられたも同然だった。

「アレン、立派なレディに失礼ですよ」

やんわりと友人を窘《たしな》めるエセルバートは、どこからどう見ても完璧な紳士だった。この国では珍しい黒髪は艶やかで、神秘的でさえある。切れ長の瞳は聡明《そうめい》さを宿し、唇には常に穏やかな笑みがのっている。身体は細身に見えるが、学生時代はスポーツにも秀でていたのは有名な話だ。どんな種目で勝負しても勝てなかったとよくアレンは嘆《なげ》いていたし、触れれば見た目よりもずっと逞しくがっしりとしているのがよく分かる。太陽のようなアレンと並び立つと、月光のように清廉《せいれん》な気高さが強調され、学生時代から大層もてていたと聞く。

その上、グランヴィル伯爵家の次期後継者。

そこまでの好条件が揃っていて、上流階級の女性陣が放っておくはずがなかった。独身女性は勿論、未亡人や果ては人妻まで、彼の周りは常に魅力的な女性が取り巻いている。アレンはそれを見て羨《うらや》ましいといつもぼやいていたが、エセルバートにはまだ身を固めるつもりがないらしい。のらりくらりと誘いを躱《かわ》し、未だに特別な相手がいるという話は聞かない。それはこの三年新たな仕事を立ち上げて忙しかったのも理由の一つではあるだろうけれど、身分のつり合うご令嬢の準備が整うのを待っていたのだ、という噂《うわさ》が最近まことしやかに囁《ささや》かれていた。

フェリシアはあまり夜会などに参加するのが好きではないが、中には断りづらい招待もある。先日、付き合いで顔を出したコレット伯爵未亡人主催のお茶会もそうだった。そこで聞かされたのが、件《くだん》の噂だ。

何でも、病弱と言われていたオルブライト公爵家の末娘がこの度完全によくなったらしい。掌中《しょうちゅう》の珠《たま》として大切に育てられていた彼女は、眼が覚めるほど美しいとのことだが、実際に顔を見た者は少ない。それほど深窓の令嬢として屋敷の奥で丁重に育てられてきたが、いざ結婚相手を見つけようとしても、父である公爵のお眼鏡に適う男がなかなか見当たらなかった。そんな中、白羽《しらは》の矢がたったのがエセルバートだという。きっと近々お披《ひ》露目《ろめ》されるのではないか。

——今日いらしたのは、その報告や打ち合わせもあるのかしら……？

国でも有数の有力貴族同士の婚姻となれば、色々な根回しが必要なのだろう。友人であるアレンに話しておきたいこともあるのかもしれない。それとも、独身最後の遊びに繰り出すつもりか。

——でも、エセルバート様ももう二十六歳なのね。私もいつお父様に婿を取れと言われるか分からないわ。今だって、遅いぐらいだもの……叔父様だって、いつかは……

いずれやってくるだろう避けられない未来を、自分で想像して悲しくなる。家のために好きでもない男と結婚するのはまだ我慢できる。相手には申し訳ないけれど、そう簡単に心は変えられるものではない。けれど――

――叔父様が誰かを選ばれたら……私はきっと冷静ではいられない……

伏せた眼差しは、父と一緒に応接室へと向かうアレンの姿を追っていた。いったいいつから、あの背中に気軽に抱きつくことができなくなってしまったのだろう。幼い頃のままでいられたらよかったのに。そうすれば、こんなに苦しい恋も知らずに済んだ。

一生、口にすることさえ叶わないこの想い。ひっそりと日の差さない場所で枯れてゆく花のように、人目に触れることなく盛《さか》りを過ぎる我が身を嘆いた。自分で選んだ道だといくら言い聞かせても、萎《しお》れてくれない恋心が厭《いと》わしい。

たぶんこうして、見ているだけで満足だと自己暗示をかけて、今後もずっと立ち止まったまま動けないのだろう。

フェリシアは僅かに拳を握り締め、顔をあげた。いつまでも突っ立っていては、不審に思われてしまう。女主人としてお客様をもてなさなければ。

「……顔色が悪いですね」

心配そうにこちらを見つめるエセルバートがそっと小首を傾げた。黒髪が一筋、額に流れ落ちる。すらりと通った鼻梁《びりょう》の下にある薄い唇が、迷うように開閉された。

「大丈夫ですか？　体調がお悪いのでは？」

「え？　いいえ、ご心配をおかけして申し訳ありません。ちょっと、その……考え事をしていただけです」

嘘ではない。けれども真実とも言えない。

物思いを振り払って、フェリシアは無理やり笑顔をつくった。

「変わらないですね、エセルバートお兄様」

つい、幼い頃の呼称で呼びかけてしまう。昔は彼を兄と呼んで慕っていた。流石《さすが》に今は、弁《わきま》えているけれども。

「昔からいつも私に優しくしてくださって……体調が悪かったり悩みを抱えていたりするのを一番に察してくださるのは、いつだってエセルバート様でした。本当に妹になったように感じてしまいます。――――さ、こちらにどうぞ。とっておきの茶葉をご用意いたしました。以前お好きだとおっしゃっていたお菓子もお出ししますね」

「それはありがとうございます。また作ってくださったのですか？」

「はい。前よりは、上手くできるようになったと思います」

昔、甘いものに目がない叔父に食べてもらいたくて、必死に菓子作りを学んだことがある。その際、失敗作の処分に困っていたところをエセルバートが引き受けてくれた。決して美味しそうとは言いがたい焼き過ぎのクッキーや膨《ふく》らまなかったケーキたち。自分で食べきれなくてフェリシアは途方に暮れていた。そこへ、彼が味見役を買って出てくれたのだ。

『大丈夫。形はイマイチかもしれませんが、味は悪くないですよ。ですから自信をもって、ね？』

微笑みを絶やさぬまま励ましてくれ、中でも一番褒めてくれたベリーのタルトは必死で腕を磨いた。以来、フェリシアの一番得意な料理はベリータルトだ。

「それは楽しみです」

女ならば誰でも見惚《みと》れてしまいそうな笑みを返され、フェリシアも漸《ようや》く心からの笑顔を浮かべた。実はつい数年前、エセルバートは甘いものが得意でないと偶然知った。それなのに無理をして味見役をつとめてくれていたことに驚き、申し訳ない気持ちでいっぱいになったのは記憶に新しい。けれど、『確かに苦手ですが、フェリシア様の作ったものだけは食べられるのだから、それだけ美味しいということです』と言われ、大いに自信がついて今に至っている。

「頑張りました。是非、いっぱい食べてくださいね」

二人肩を並べて応接室へと向かえば、すっかり寛いだ様子のアレンが待っていた。少しだらしなく椅子に腰かけ脚を組む様は、ここで暮らしていた頃と全く変わらない。フェリシアは懐かしさが込みあげるのを堪えられなかった。

「遅かったじゃないか、お前たち。何をひそひそ話していたんだい？　まさか私の悪口じゃないだろうね」

「いやだ、叔父様。そんなはずないじゃない。それより、お父様は？」

「いつも通り、仕事に戻ったよ。まったく……久し振りに可愛い弟が帰ったのだから、今日くらい休めばいいのに。本当に仕事の虫だよな。それより、本当に二人で僕を笑っていたんじゃないよね？」

「アレン、何か悪く言われるような心当たりがあるのですか？」

三人で話をしていると、昔に戻ったように感じる。僅かに軋《きし》んだ胸の痛みを誤魔化《ごまか》すように、フェリシアはお茶を勧めた。

「疑り深い叔父様。エセルバート様、お腹は空《す》いていらっしゃいますか？　他にも軽食をご用意いたしますけれど」

「いいえ。私は大丈夫ですよ」

「ああ、フェリシアが作ったタルトがあれば充分だよ。そんなに食べたら夕飯が入らなくなってしまう。ああ、それにしてもこの味！　やっぱり懐かしいなぁ。どんな高級店のものより美味いよ。ずっと食べたくて堪らなかったんだ」

手放しで絶賛してくれるアレンに、フェリシアの顔は自然に緩んだ。この日のために最高の材料を取り寄せ、朝早くに起きて作った甲斐があった。満足そうにタルトを頬張《ほおば》るアレンを見て、先ほどの気鬱《きうつ》も吹き飛んでしまう。

「よかった……でも、褒めすぎです。叔父様」

「いや、私はお世辞なんて言わないよ。なぁ、エセルバートもそう思うだろ？」

「ええ。甘さがしつこくなくて……何より作り手の優しさが込められているような、控えめで柔らかい味です」

フォークを置いたエセルバートは、上品な仕草で紅茶を口に含んだ。どこまでも洗練された所作は、彼の育ちの良さをよく表している。グランヴィル伯爵家と言えば、かつては王女も降嫁したことのある歴史の古い名家だ。代々重要な役職につき、発言力も大きい。そんな一族の後継者であるエセルバートと、しがない子爵家出身で家を継ぐ予定もないアレンが無二の親友というのは、ある意味不思議な話だった。それに二人は性格も全く違う。

フェリシアの叔父であるアレンは快活《かいかつ》で、いつも忙しく動き回り、その場を太陽のように明るく照らす。対してエセルバートは常に穏やかに微笑みながら、暴走しがちなアレンを上手く諌《いさ》め、口数は少なくとも要所要所で的確な意見を述べる。喩《たと》えるなら、月のように静かに見守ってくれる存在だ。対極だからこそ、馬が合うのかもしれない。どちらにしても、フェリシアはこの彼らが連れ立っているのを見るのが、昔から大好きだった。二人ともフェリシアにとって欠かすことのできない大切な人たちだ。

「それより、フェリシアも座るといい。せっかくだから、一人で喋ろうじゃないか」

「でも……お二人の邪魔をするわけには」

「よく言うよ。昔はしょっちゅう自分も交ぜてくれと後をついてきたくせに」

「そんな昔のことばかり……叔父様ったら酷いわ」

かぁっと赤くなった頬をフェリシアは慌てて押さえた。肌が白いから、紅潮すると余計に目立ってしまう。昔はそれを林檎《りんご》のようだとからかう子もいて、とても嫌だった。そんなみっともないところを見られたくなくて顔を伏せれば、アレンが盛大な溜め息を吐く。

「可愛いな、フェリシアは。あぁ、本当にお嫁になんて出したくないよ。まぁ、そんなことも言っていられないけどさ……お前も、もう十八だものな。そろそろ真剣に考えるよう兄さんにも言わないと……それにしても寂しくなるなぁ。エセルバートまで結婚してしまったら、私は本当に独りぼっちだよ」

「アレン……！」

珍しく、カチャンと乱暴な音を立ててエセルバートがカップを置いた。少し焦ったような眼差しで、アレンを鋭く睨《にら》みつける。

「何だよ、隠すことはないだろう？　まだ正式に発表はされていないけれど、それなりに噂にはなっているし、女性陣の情報網は侮《あなど》れない。フェリシアの耳にだってもう入っているんじゃないのか？」

ちらりと向けられたアレンの視線に、フェリシアは何の話題かを察した。先日コレット伯爵未亡人の開いたサロンで小耳に挟んだ婚約の噂。その件だと思い至り、小さく頷いた。

「その、おめでとうございます。リースリア様は大層お綺麗な方だそうですね」

「もうお名前まで知っているのか、そういう話はあっという間に広がるものだな」

さも興味深そうに片眉をあげるアレンへ、フェリシアは慌てて両手を振った。

「あの、たまたまコレット伯爵未亡人からお伺いしたのです。あの方はオルブフイト公爵家の奥様と懇意でいらっしゃるでしょう？　ですからご友人のお嬢様として、リースリア様のお身体を心配されていたから、とても嬉しかったのだと思います」

普段、そんな噂話ばかりしていると思われては堪らない。あくまでおめでたい話を聞きかじった程度だと強調した。

「ああ、なるほど。それにしてもここ最近で一番の話題になりそうな名家同士の婚姻だな。なぁ、エセルバート。いつ正式に発表するつもりなんだ」

「……まだ、はっきり決まったわけではないですよ」

伏せられた長い睫毛の下の瞳は窺えない。サラリとした前髪に隠されて、エセルバートの表情も判然としなかった。けれど僅かに硬くなった声が、この話題を歓迎していないことを充分にフェリシアへ伝えてくる。

「あの、叔父様」

もしかしたら、時期尚早だったのかもしれない。エセルバートとしてはきちんと纏《まと》まる前に知られるのが嫌だったのかと、フェリシアは慌てて叔父を制そうとした。

「恥ずかしがるなよ。決まっていないというのは婚約発表の日時か？　それとも婚約そのものか？　どっちにしても、グランヴィル伯爵様が乗り気ならすぐにでも進む話だろう」

しかしそんな空気もお構いなしに、アレンは身を乗り出して明るく笑った。

「私などお会いしたこともないが、リースリア様のお美しさは社交界で評判だからな。オルブライト公爵家の至宝とも言われているし、王家の覚えもめでたい。本当に羨ましいよ。そんなお方との縁を引き寄せてくるなんて、流石は君の父上だ」

辣腕《らつわん》で知られるグランヴィル伯爵は、当然、息子の結婚相手には家の更なる発展のため最高の令嬢を吟味していたことだろう。むしろこれまでそんな話が出なかったのが不思議なくらいだ。それもこれも、リースリアの回復を待っていたということならば納得がいく。

「……私は、まだ返事をしていません」

「勿体ぶるなよ、それともこの年になってもまだ結婚相手を見つけられない私に遠慮でもしているつもりか？　そんなこと気にせず、もっと幸せぶればいいじゃないか」

まるで我がことのように喜色を浮かべるアレンに、皮肉や嫉妬《しっと》の色は微塵もない。心から、友人の門出を祝っているのが伝わってくる。だが相変わらず言い淀《よど》む様子のエセルバートが心配になり、フェリシアはじっと彼を見つめた。そのとき不意に、顔をあげたエセルバートと視線が絡む。

「……！」

話をしているアレンにではなく、自分へと向けられた眼差しに息が止まった。何かを告げようとでもするような、強い光を宿した眼が、まっすぐこちらへ注がれている。真剣みを帯びた瞳の熱さに、何も言葉が出てこなかった。

「——結婚する相手は、自分で選びたいと思っています」

淡々と、けれど明瞭《めいりょう》に響いた台詞が、フェリシアの胸へ突き刺さった。どうして自分へ、という思いと、そんなことをはっきり口にできる強さへ羨ましさが入り混じる。ドクリと高鳴った胸は、驚き以外の何かに締めつけられた。

「ハハハ、悠長《ゆうちょう》なことを言うなよ。お前は私と違って気楽な身分じゃないんだから」

束の間絡んでいたフェリシアとエセルバートの視線が、アレンの笑い声で解かれた。まるで呪縛から解放されたようにフェリシアは瞬きを繰り返してカップを口へ運んだ。

——驚いた……思わず、不躾《ぶしつけ》に見つめ合ってしまったわ……でも、どうしてあんなことを私に？　いいえ、偶然お顔をあげた先に私が座っていただけに決まっているけれど……あんな瞳を向けられたら、何だかおかしな気持ちになってしまう……

動揺を誤魔化そうと、そっと深呼吸を繰り返す。そうして、祝福とは別の感情があるのを自覚した。

兄に等しいエセルバートの結婚が、ほんの少し切ないのかもしれない。もう昔のように気軽に触れ合うことはできないのだと思えば、微かな痛みがよぎった気がする。

そうして『もしも』、と夢想した。自分にも「結婚相手は自分で選ぶ」と言い切れる強さや信念があったのなら、何か事態は変わっただろうか。隣に腰かけている叔父に、長年の想いを打ち明ける未来が待っていただろうか。

家のため、政略結婚は貴族の義務。けれども、自らの恋心を成就させる者が全くいないわけではない。ならば――

そこまで考えて、フェリシアはそっとソーサーへカップを戻した。

答えは否。

おそらくどんなことがあっても、この気持ちを白日《はくじつ》の下へ晒《さら》すことはない。これは罪。抱くだけで罪悪になる、誰にも祝福されることのない歪《ゆが》んだものだ。そこへ、叔父を巻き込むわけにはいかない。間違いと知っていて、大切な人を汚すことはできない。

――それでも……

想うだけ。簡単に消し去ることのできる感情なら、とっくに消している。それができないから、こんなにも苦しい。

相変わらず、アレンがエセルバートをからかうような会話は続いている。それを視界の端で捉えながら、フェリシアはじっと傍らの気配ばかりを探っていた。そんな自分に時折注がれる青紫色の視線には、気づかないまま。

2　夜の始まり

　昨日から降り始めた雨は、今日も一日中やむことはなかった。強い雨粒に打たれ続けた庭園の薔薇は、すっかり散ってしまったかもしれない。夕闇に沈んだ外を見下ろし、フェリシアは読んでいた本を閉じた。何故か今夜は、集中できない。

「もう少しで読み終わるのに……」

　あと数頁を残すばかりなのに、どうにも内容が頭に入ってこなかった。

　夕食を終え、入浴も済ませたので今夜はもう寝るまで特に予定もない。気になることがあるわけでもないが、どうにも気持ちがざわついている。こんな天気にもかかわらず、今夜は父の帰りが一際遅いからかもしれない。

　普段は屋敷内の執務室で仕事をしているため、父が出歩くことは少ない。けれど、今日は昼過ぎにどこかから使いがきて、そのまま飛び出すように出かけていった。そしてそのまま連絡もなく、こんな時間になってしまっている。

「お父様、お忙しいのかしら……」

元々、食事もあまり一緒にとる人ではなかった。叔父がこの屋敷で暮らしていた頃はあまり寂しいとは感じなかったけれど、彼が出ていった三年前からは、ほとんどフェリシア独りで食卓に着いている。できるなら、いくら会話がなくても誰かと食べたいと願ってしまう。孤独に慣れるということはなく、歳月を重ねるごとに深まってゆく。

だから三か月前、アレンとエセルバートが滞在してくれていたときは本当に楽しかった。そのときの賑やかさを思い出し、尚更寂寥《せきりょう》が胸に迫る。

「雨で足止めをされていないといいのだけれど……」

どこかで天候が回復するのを待っているのならばそれでいい。けれど、暗がりの中で事故にでも遭《あ》っていたら――と想像してフェリシアは頭を振った。

「馬鹿ね、考えすぎだわ」

下手に時間が余っているからくだらない想像をしてしまうのだと、頭を振って腰かけていた椅子から立ち上がった。読みかけの本を片づけ、冷めてしまったお茶を一口飲む。気分転換になればと、もう一度窓の外の暗闇へと眼を凝らした。

その先に、小さな光が見える。次第に屋敷へと近づいてくる光源が、父の乗る馬車だと気がつき、フェリシアは出迎えるために階下へと向かった。

「お帰りなさいませ、お父様。随分遅く――」

扉が開かれた瞬間、台風のような雨風が吹き込んできた。コートをぐっしょりと濡らした父親は、酷く落ち窪《くぼ》んだ瞳をフェリシアに向ける。その蒼白な顔色に少なからず驚き、続く労いの言葉は喉に引っかかってしまった。

一目で尋常ではないと分かる様子に、使用人たちも気がついたらしい。皆、目線を交わしつつ、主を見守っている。

「旦那様、雨に濡れて体調を崩されたのではないですか？　貴女たち、何をぼんやりしているのですか。早く拭くものを持ってきなさい」

家令の叱責《しっせき》に、慌てたメイドがタオルを取りにゆく。別の者も、濡れた帽子やコートを漸く父親から受け取った。

「お父様、お顔の色が悪いわ。大丈夫ですか」

恐る恐るフェリシアが声を掛ければ、父は生気のない眼を彷徨《さまよ》わせた。そしてよろめいたのを、寸《すん》でのところで家令に支えられる。

「旦那様……！」

「お父様……！」

こちらの声が聞こえていないのか、それとも反応できないだけなのか、大きく喘《あえ》いだ父親は皺の寄った手で憔悴《しょうすい》しきった顔を覆った。

「……我が家はもう、終わりだ……」

「え？」

意味の分からぬ呟きにフェリシアが聞き返しても、父は呻《うめ》くばかりで一向に会話にならない。それどころか震え出した身体を支えることもできなくなったのか、今にも倒れ込みそうになったのを従僕が慌てて手を貸し、辛うじて立っている。

「あの、お父様？」

何事かと問いかけようにも、本日の外出に付き添った者はなく、事情の分かる人物など誰もいない。当の本人である父親は、ますます顔色を悪化させている。

「と、とにかく座りましょう。誰か、温かいものを持ってきてくれる？」

「いや、酒を用意してくれ……とても素面《しらふ》ではいられない。一番強いものを、今すぐ」

「お父様？」

普段、さほどお酒に強くはない父親は、滅多に酒類を嗜《たしな》まない。まして独りで飲むなど、フェリシアの知る限りはなかったように思う。意外に感じつつ、それだけ大変なことが起きたのだと、不安が湧き起こってきた。

とにかく理由も話さず自室へ向かおうとする父親を追いかけ、フェリシアは色々な最悪の事態を想定した。事業が失敗したのだろうか。それとも重大な病気が発覚したのか。どれも可能性としてはあり得るけれども、ここまで父が冷静でいられなくなるほどではない気がした。

仮に事業が失敗したとしても、アシュトン子爵家にだって多少の資産はある。田舎とはいえ土地や屋敷を所有している。使用人に充分な退職金を支払っても、親子二人生きてゆくぐらいは残るだろう。フェリシアが働く道もある。叔父だって、完全に見捨てたりはしないのではないか。

又は、父親に何某《なにがし》かの病魔が忍び寄っているというのも現実味が薄い。少なくとも最近まで急に痩せたり体調が悪かったりしたようには見えなかった。だとすれば――

「お父様、いったいどうなさったのですか」

どっかりとソファに腰をおろした父親は、一晩で十も二十も老けたように見える。乱れたクラバットを直すこともなく、色つやの悪い頬を撫で下ろした。

「何か悩み事があるのならば、私にも背負わせてください。家族ではありませんか。それとも私には話せないことなのですか？　でしたら、せめて叔父様に――」

「あいつのことは口にするんじゃない！」

普段、温厚な――というよりは感情の起伏が乏しい父親の怒声を、フェリシアは初めて聞いた。それまでどこか茫洋《ぼうよう》としていた眼差しに、はっきりと意思が戻っている。

「あの馬鹿者が……よりにもよって、こんな不始末を……！」

「叔父様に何かあったのですか？」

驚いたフェリシアの問いかけを振り払うように、父親は用意された酒を乱暴に呷《あお》った。それは『飲む』というよりも『浴びる』と表現した方が正確かもしれない。大半を口の端からこぼしながら、琥珀《こはく》の液体を喉に流し込んでゆく。

「そ、そんな無茶な飲み方……」

フェリシアはごほごほと噎《む》せながらも次々杯をあけてゆく父を止めようとしたが、鋭い眼差しに抑え込まれてしまった。触れることさえ躊躇《ためら》われるような、そんな冷たさに、どうしていいのか分からなくなってしまう。

「くそ……っ、こんなものじゃ酔った気にもなれない。誰か、もっと強い酒を持ってこないか！」

「やめてください、お父様！　どうか落ち着いて」

父親の投げ捨てたグラスが絨毯《じゅうたん》の上を転がった。中に残っていた液体が、床に醜《みにく》い染みを作ってゆく。滲《にじ》む色みに困惑しながらも、フェリシアは平素にない様子の父親の腕を掴んだ。

「お願いです、お父様……」

涙ながらに訴えれば、興奮していた父親も次第に荒らげていた呼吸が治まり、瘧《おこり》にかかったように震えていた手も、少しずつ落ち着きを取り戻した。冷え切っていた身体を少しでも温めようとフェリシアが彼の背中を摩《さす》れば、深く長い溜め息を吐き出す。

「私では何のお力にもなれないかもしれませんけれど、お話を聞くくらいはできますから……」

「フェリシア……すまない」

漸《ようや》く、隣に座っているのが己の娘だと気がついたように、父は小さく謝罪した。酒の匂いのする息を吐きつつ、その顔には酔いの片鱗《へんりん》も見えない。血の気を失った肌は相変わらず死人じみていて、投げ出された手足に力は感じられなかった。

「……大変なことになった。我が家はもう……終わりだ。せめてお前だけでも醜聞《しゅうぶん》に巻き込まれないよう努力はするが……」

「醜聞？　何があったとおっしゃるのですか。先ほど叔父様について言っていらしたけれど……」

『不始末』『醜聞』という穏やかではない単語に嫌な予感だけが募る。まさかアレンとエセルバートの創り上げた会社に問題が生じたのか。けれど、そんな噂は耳に入っていない。むしろ順調に業績を伸ばしていると情報通のコレット伯爵未亡人が語っていなかったか。

「すぐに荷物を纏《まと》めなさい。騒ぎが広がる前に、リグランドの屋敷へ行くといい。明日、多少の雨ならば夜明けを待たずに――――」

アシュトン子爵家の別荘がある、王都から一番離れた地名を出され、フェリシアは眼を見開いた。

　田舎に行くのは構わない。正直、都会の喧騒《けんそう》よりも静かで自然が豊富な場所の方がフェリシアは好きだ。だがこれは、避暑や休暇を目的としたものではないだろう。

「お父様はどうなさるの？　私と一緒に行かれるの？　お仕事は？」

　矢継ぎ早《やつばや》に質問をすれば、父は再び陰鬱《いんうつ》に顔を歪めて押し黙った。ぐっと握り締められた拳は、白く骨が浮いている。まるで断罪されるときを待つ、罪人のように。

「……私は、当分行かれないだろう。使用人も最低限しか連れて行けないと覚悟してくれ。今までのような生活はきっと送らせてやれない。だが、私の精一杯でお前だけは守ろう……」

　喘ぐように紡がれたのは、親の愛情に満ちた言葉だった。こんなときなのに、それを嬉しく感じてしまう。今まで、どこか距離のある父娘だった。本当に愛されているのか不安に思ったのは一度や二度ではない。だから今、父親の言葉や態度の端々に自分に対する気遣いを感じられて、フェリシアは感激すらしていた。

「お父様、いったい何があったのですか。何も分からないまま遠ざけられるのは嫌です。どうか私にも話していただけませんか。私はお父様の娘でしょう？」

　父の手を両手で握り締めると、彼はそこへじっと視線を落とした。それからひどく緩慢に顔をあげ、やっとこちらを見てくれる。震える唇は、語る真実の重さに慄《おのの》いているかのようだった。実際、どう説明すればよいのか、本人にも分からないのだろう。どう告げれば、多少でもフェリシアの衝撃を和らげられるのか、必死に考えてくれたのかもしれない。だが、何を言い繕《つくろ》ったところで、事実はたった一つだ。無慈悲な現実は誤魔化しようもない。

「……アレンがリースリア様と駆け落ちをした」

「……え？」

父の掠《かす》れた声は、意味を成さずフェリシアの耳を通過した。

過《よぎ》っていった音の羅列を追いかけようと思っても、思考停止してしまった頭は空回るだけ。無意味な瞬きを繰り返し、フェリシアは小さく首を傾げた。

「何を……おっしゃっているの？　それとも私ったら聞き間違えたのかしら」

乾《かわ》いた笑いが喉を震わせたが、それはすぐにつっかえて喘ぎへと変わる。上手く呼吸ができずに引き攣《つ》った胸は、悲鳴に似た音を漏《も》らした。

「リースリア様は、エセルバート様とご結婚されるご予定でしょう？　正式発表はまだだけれども……」

そうでなくとも相手はオルブライト公爵家のご令嬢。アレンとの接点などありはしないだろう。もしも面識があったとすれば、それは『親友の婚約者』としてだ。

「あいつは……エセルバート様にリースリア様を紹介されたときに一目ぼれしてしまった

らしい……。あの方は大層お美しいからな。遠くから見つめるだけで満足すればよかったものを……愚か者が……っ」

吐き出された罵倒《ばとう》には、苛立ちと共に年の離れた弟に対する憐憫《れんびん》があった。もっと早い内によい縁談をとりもてなかった自分への不甲斐なさも込められているのかもしれない。

「……そんな」

駆け落ちは、一人でできるものではない。父が『アレンがリースリア様をかどわかした』という表現を使わなかったのは、それが強引な連れ去りではなかったからなのだろう。おそらく、手を取り合って、二人は出奔した。家も、身分も投げ出して、ただお互いの気持ちだけを頼りに——

「叔父様が……」

何故か、彼が色恋に溺れるのはもう少し先の話だと思っていた。いや、そう信じたかっただけかもしれない。穏やかで、仕事に打ち込んでいるアレンが、誰か一人に夢中になるなど具体的な想像はしたくなかった。けれども実際には、身分違いの令嬢に懸想《けそう》して、親友の婚約者を奪い去るほどの激しさを秘めていたなんて。

ぐらりと視界が歪む。座っていなければ、その場に倒れていたかもしれない。フェリシアは座面に手をつき、必死に身体を支えた。込みあげる吐き気を抑え込み、浅い呼吸を繰り返す。

「いったい、いつから……」

前回、この屋敷にエセルバートと揃って訪れたときには、リースリアの顔すら見たことはないというような話だったではないか。ならばその後、出会ったのか。そして恋に堕《お》ちた。三か月にも満たない短い時間の中で、お互いに全てを捨て去る決意をさせるほど二人は惹かれ合い、離れられなくなってしまったのか。

いつもフェリシアを優しく見つめてくれたあの瞳が。慈《いつく》しんでくれた手の平が。呼びかけてくれた明るい声が。何もかも、違う熱を持って別の女性に捧げられたのか。

「……っ」

いつかくる未来だと覚悟していたはずなのに、物わかりのよい振りをして諦めているつもりで、その実こんなにも秘密の恋を滾《たぎ》らせていたのを思い知る。

二人の行く末は、困難を極めるに決まっている。何不自由なく育てられ、元来病弱なリースリアにその日暮らしなどできるわけがない。またアレンにしても、せっかく軌道に乗りかけた事業を放り出してしまえば、さほど蓄えがあるとも思えなかった。早い段階で行き詰まるのは目に見えている。だが、たとえそれでもと彼らは一歩を踏み出したのだ。

たった一つ、恋という熱病を頼りにして。

「オルブライト公爵家とグランヴィル伯爵家を敵に回して、我が家など無事でいられるわけがない……」

「……！」

すっかりアレンのことでいっぱいだったフェリシアの頭は、父の嘆きに引き戻された。

そうだ。今アシュトン子爵家は、国の中枢を担う両家の顔に泥を塗った形になるのだ。いくらエセルバートとリースリアの正式な婚約発表がなされていないといっても、もはや周知の事実として噂は広まっている。誰もがそうなるものと疑ってさえいないだろう。それが突然、身分のつり合わない男と令嬢が逃げ出したとあっては――

エセルバートはとんだ恥をかかされたことになる。親友で、事業のパートナーでもあった男に裏切られ、婚約者を掻《か》っ攫《さら》われたと嗤《わら》い者になってしまう。そしてリースリアとて、もし家に連れ戻されたとしても、ふしだらで短慮な女だとレッテルを貼られ、一生明るい場所になど出てはこられないに決まっている。

それを、あの厳しいグランヴィル伯爵や誇り高いオルブライト公爵が許すだろうか。答えは、問うまでもなく明らかだ。

「流石に、アシュトン家が取り潰されるという事態にまではならないだろうが……我が家の事業は立ちいかなくなるだろう。当然、今まで通りとはいかない。公爵様のお怒りが深ければ、何某かの罪に問われる可能性もある……だから、そうなる前にお前だけでも静かな場所へ逃げなさい……。何も案ずるなと保障してやれなくて、すまない」

「お父様……、私だけ逃げるなんてできません。どうか一緒に何かいい策がないか考えさせてください……！」

握り締めた父の手は、昔と同じで大きかった。けれども、ずっと細く皺だらけになっている。いつの間にか過ぎ去っていた年月を思い、フェリシアの瞳には涙が滲んだ。

――――今は、私の気持ちなどどうでもいいわ。それよりも、お父様をお救いしなければ……！

憔悴しきった父の様子では、全てを清算するために命を絶ちかねない気がした。それこそフェリシアを守るためならば、何だってするのではないか。自らの死で、今回の件を贖《あがな》うことさえ。

「もうグランヴィル伯爵様やオルブライト公爵様にはお会いになったのですか？」

「いや、今日はアレンの部屋へ行ってきただけだ。あいつが職場に現れず応答もないと昼間エセルバート様から連絡があって……こんなことは初めてで心配だから、扉を開けるのに立ち合って欲しいと請《こ》われた。――――それで風邪でもひいたのかと様子を見に行ったら、こんな書き置きが」

力なく取り出された封筒には、見慣れたサインが記されていた。少し右肩上がりの奔放《ほんぽう》な字。大好きな叔父の筆跡にフェリシアの胸が大きく跳ねた。いつもは伸びやかな文字が、何故か少し震えている。

「……私宛てに一通。それからエセルバート様宛てにもう一通あった。中にはリースリア様との連名で、ここに至る経緯が書かれていたよ……」

「……私が読んでも……？」

フェリシアの質問に、父は無言で頷いた。

本音を言えば、読みたくなどない。開かなくても、そこに書かれているのが狂おしいまでの恋情だというのは明白で、あのアレンにこんな行動を促すほどの恋心など知りたくはなかった。けれど、父を救うためには乗り越えなければならないことなのだ。

震えてままならない指先を叱咤して、フェリシアは白い封筒から三枚の便箋《びんせん》を抜き出した。カサカサと紙の触れ合う音が、妙に耳に煩《うるさ》い。カラカラに渇いた口の中で舌が張りついている。大きく息を吸い込み、並んだ叔父の筆跡を追った。

時折乱れる筆圧が、そのまま彼の心情を表している。迷い、時に立ち止まりながら、それでも突き進まなければいられなかった胸の内。それが綿々と綴られていた。

行間から溢《あふ》れる謝罪と苦悩。だが、どこにも後悔の言葉はない。それどころか、向かう先が破滅でしかなくても、喜びが満ちてさえいた。

この世で誰よりも特別な相手に出会えたこと。その人から同じだけの想いを返された歓喜。知ってしまえば、もう元に戻れるはずもないという決意。

罪と知りつつ、二人が手を取り合うまでが克明《こくめい》に記された手紙は、たった数枚の紙片であるのにひどく重かった。フェリシアは耐えきれず、力の抜けた両手を膝の上に落とす。

その際こぼれた一枚が床へ舞い落ちたが、父も娘も拾う気力さえ失ったまま、ただ虚空を見つめていた。

最後の行には、逃げた二人の名前が並んでいた。それぞれの筆跡で記された名前。それもリースリアのファミリーネームはオルブライトではなくアシュトンとなっていた。そこに込められた願いが、痛いほどフェリシアの胸に迫ってくる。

「……エセルバート様は……」

彼に宛てられた手紙にも、同じようなことが書かれていたのか。だとすれば、とても残酷だと思った。

燃え上がる恋人同士ならば仕方ないのかもしれない。けれど、残される者にとって、こんなに心を抉《えぐ》られる内容があるだろうか。

罪を自覚し、ひたすら謝罪する相手を罵《ののし》ることは難しい。まして、当の本人は既に眼の前にはいない。だとすれば、この気持ちはどこに持って行けばいいのか。怒りも悲しみも行き場は見当たらず、振り上げた拳を収めるにはあまりにも時間が足りなさすぎる。

「彼宛ての手紙もおそらくは、似たような内容だったのだろう。エセルバート様は無言になられて……それから、オルブライト公爵家にも問い合わせた。リースリア様は本日ご友人に会われるご予定だとかで、まだ連絡がつかないらしい。詳しいことは明日話し合うと決めて、今夜は考える時間が欲しいと残して帰られた……」

いくら常に冷静なエセルバートでも、動揺と混乱が隠しきれなかったに違いない。結婚を決めた相手と親友に裏切られた彼の心情を思うと、堪らなく胸が軋《きし》んだ。

妙案など、何一つ思い浮かばない。考えられるのは、悪い想像ばかり。それでも、フェリシアは父を置いて逃げ出そうとは微塵《みじん》も思わなかった。

「……お父様、私今からエセルバート様に謝罪をしに参ります」

「何を言っている？　こんな時間に……それにお前が行っても……」

「一刻も早い方がいいと思います。誠心誠意頭をさげれば、許してはくださらなくても、お怒りを和らげられるかもしれないもの……」

それに相手が自分であれば、エセルバートも無碍《むげ》に扱ったりはしないのではないか。瞬間、狡《ずる》い計算が働いたのは否めない。

初めて出会った八歳の頃からもう十年。その間、実の兄のように接してくれたエセルバート。叔父の友人は、いつだって妹同然にフェリシアを慈しんでくれた。

「それなら、私が行くのが筋というものだろう」

「お父様は屋敷に残って。もしかしたら、叔父様から連絡が入るかもしれないでしょう。オルブライト公爵家からだって……。それに、使用人たちがとても不安がっています。ですから、ひとまず私がエセルバート様にお会いしてくるわ」

その方が、話を聞いてもらえる気がした。甘い考えかもしれないが、誰の言葉よりもエセルバートはフェリシアの言葉に耳を傾けてくれるのではないかと思ったのだ。

「帰りは遅くなってしまうかもしれませんが、心配なさらないで。私、精一杯頑張ります」

止める父の言葉を振り払い、フェリシアは手早く外出準備を整えた。雨に濡れてもいいよう簡単なドレスに着替える。謝罪に向かうのだから華美な格好は相応しくない。髪も垂らしたままで、最後に宝物をしまってある引き出しを開けた。

収められているのは二つの品。一つは母の形見であるガーネットのネックレス。かつて父が母に求婚する際に作らせた、特別な品だ。他にも母のものは受け継いでいるけれども、その中でも特別だと言える。両親の想いがこめられたものだから、フェリシアにとっては軽々しく身につけることとさえ躊躇われる一品。

そうしてもう一つは折り畳まれた一枚の青いハンカチ。古びて、角が少し解《ほつ》れてしまったそれを取り出して、フェリシアは大切に撫でた。

「……叔父様、私に力を貸してくれる？」

ただの布きれが励ましてくれるわけがない。ましてや、これは元凶とも言うべきアレンから貰ったものだった。それでもフェリシアにとっては、勇気づけてくれる宝物だ。

そっと頬ずりをして、眼を閉じる。そうして決意を固め、ハンカチを引き出しの奥へとしまいこみ、大急ぎで用意させた馬車に乗り込んだ。

「帰ったばかりでごめんなさいね。グランヴィル伯爵家に向かってもらえる？」

雨に声を掻き消されながらも、はっきり行き先を御者に告げた。窓の外は漆黒の闇。大きな雨粒が、煩《うるさ》く馬車の天井を叩いている。まるで嵐のような風雨に、フェリシアは肌が粟立《あわだ》つのを感じていた。


先ぶれもなく押しかけたので、簡単には会ってもらえないかと案じていた。門前払いとまではいかなくとも、ひと悶着《もんちゃく》あるかと覚悟していたが、存外あっさり中へと通され、フェリシアは拍子抜けしていた。

アシュトン子爵家とは比べものにならないほど大きなグランヴィル伯爵家の応接室は、眩いシャンデリアに照らされ、大理石を惜しげもなく使った床がその光を更に煌《きら》びやかに映している。重厚感のある家具はどれも歴史を感じさせ、かつ適度に流行を取り入れていた。

その中央に置かれたソファの傍らで、フェリシアは所在なく立ち竦《すく》んでいる。

「……座らないのですか？」

「あの、私濡れていますので……」

長く外を歩いたわけではないけれど、服はすっかり雨を吸ってしまっていた。冷えた腕を無意識に摩りながら、向かいに腰かけ長い脚を組んだユセルバートをそっと窺う。

「ああ……気がつかず申し訳ない。すぐに着替えをご用意しましょう」

「いいえ！　そんなことはいいのです。それよりも、どうか私の話を聞いてくださいませんか？」

縋《すが》りつかんばかりに身を乗り出せば、エセルバートは紫がかった青い瞳を微かに眇《すが》めた。

そこに、いつものような優しい光は宿っていない。まるで感情が抜け落ちたかのような冷たい色に、フェリシアの背筋がゾクゾクと震えた。

「あの、わ、私……」

「勿論、お伺いしますよ。そのつもりでいらっしゃったのでしょう？　迷惑でしたら、最初からお断りしています」

「あ、ありがとうございます……」

勢い込んで押しかけてきたけれども、いざ言葉にしようとすると上手く出てこない。何から切り出せばいいのかも分からず、フェリシアは視線を彷徨《さまよ》わせた。

「あの、伯爵様や奥様は……」

「ああ……今夜も外泊するようです。いつものことですから、お気になさらず。ですからゆっくりお話しいただいて大丈夫ですよ。使用人にもしばらくはこの部屋には近づかないよう言ってありますし」

エセルバートの家族に対するどこか突き放したような物言いに疑問を抱きつつ、フェリシアはその場に膝をついた。大理石の冷たさが、冷え切った肌を容赦なく突き刺す。

「……何をしているのですか⁉」

唐突に床へ座り込んだフェリシアを、エセルバートが驚愕の眼差しで見下ろしていた。

それに構わず両手をつき、深く頭をさげる。

「……申し訳ありません！」

謝って済む問題ではないだろう。エセルバートは最大の侮辱を受け、評判は簡単に回復できるものではない。貴族社会では、噂話が武器にもなるのだ。悪評を払拭《ふっしょく》するのは並大抵のことではないし、それで社会的に抹殺《まっさつ》されることもある。身分のある者にとって、あの世界から弾き出されるということは、死にも等しい。

「叔父様が……とんでもないことを。私の謝罪など何の意味もありませんが、言わずにはいられませんでした」

濡れた身体からは、見る間に体温が奪われていった。それでもとても顔をあげるなどできず、額がつかんばかりにフェリシアはますます頭を伏せる。

「やめなさい……っ、貴女のそんな姿は見たくはありません」

引きずり起こされるように腕を取られ、やや乱暴にソファへと押し込められた。柔らかなクッションに半ば埋もれながらも、フェリシアは再度謝罪を述べる。それしか、できることが思いつかなかった。

「私には、何もありませんけれども、でもできる限りのことはいたします。持っている私財をなげうって、償います。ですからどうか……慈悲をいただけませんか!?　今すぐは無理でも、いつの日か叔父様を許してくださいませんか……！」

フェリシアにとって何よりも恐ろしいのは、仲の良かったエセルバートと叔父が完全に決裂してしまうことだった。真実心を許し合える友人を得ることは、本当に難しい。フェリシアにはそんな相手がいないからこそ、彼らの関係性が羨ましく、眩しくて堪らなかった。

勿論、二人が今まで通りに戻れないことは充分に理解している。けれど十年、二十年と経ったとき、歩み寄れる余地くらいは残しておきたかった。か細い繋がりでも、儚《はかな》い可能性でも繋いでいて欲しい。そのためになら、どんなことだってしてみせる。淑女の誇りなどかなぐり捨て、地べたに這《は》い蹲《つくば》ることさえ厭わない。

「私財？　貴女個人の所有するものなど、たかが知れているでしょう？　私がそんなものを欲するとでも？」

聞いたこともないほど硬質なエセルバートの声が鼓膜を揺らす。すぐ傍に立っているはずなのに、温度さえ感じられない。むしろ冷気のようなものがフェリシアの思考を凍りつかせていた。

「お、お父様にも……最大限のことはしていただきます。ですが、何とかお父様が暮らしてゆける程度の蓄えを残すことは許していただけませんか」

「それで、貴女はどうするのですか？　今どき持参金もない貴族の娘に、いい結婚相手など現れませんよ」

「私のことはいいのです。私は、修道院に行くつもりです。ですから何一つ、残していただかなくても問題ありません。相続権も放棄《ほうき》いたします」

　身一つで放り出されても構わないと告げると、エセルバートの眉間には深い皺が寄った。そんなものでは気が治まらないということだろうか。焦ったフェリシアは離れてゆこうとする彼の腕を必死に摑んだ。

「お願いします！　本当に私が差し出せるものは全てお渡しいたしますから……！　どうかどうかお怒りを鎮めてください。図々しいことは百も承知ですが、オルブライト公爵様にもお取り次ぎいただけませんか……!?」

　フェリシアには、他に伝手《つて》などない。どんな恥をかいても構わないから、叔父と父を助けたかった。ただその一心で懇願を繰り返す。最悪の場合でも、せめて二人の無事を保証して欲しい。罰せられるにしても、温情ある裁きを。

　いつの間にか溢れた涙を拭いもせず、フェリシアはエセルバートに縋りついていた。途中何度も引き剝《は》がされそうになりながら、夢中で彼の腕を抱き締めた。もし離してしまえば、それで全てが終わってしまう気がする。きっと二度とこんな機会は得られない。

「……貴女は……っ、それほどまでにアレンが大切なのですか……っ」

「当たり前です、家族ですもの……！」

半分嘘を織り交ぜながら、フェリシアは大きく頷いた。飛び散った涙が光を反射させながら滴《しずく》になる。その軌跡《きせき》を見送ったエセルバートは、微かに片頬を歪めた。

「家族――ね。成る程。だから我が身を犠牲にしても守りたいというわけですか」

「そうです。ですがそれは普通のことでしょう……？」

「まるで好きな男を守りたいと必死になっているようにしか見えませんがね」

「……！」

サラリと口にされた内容に、フェリシアの呼吸は止まった。これ以上はないというほど瞳を見開き、驚愕に固まった顔でエセルバートを凝視する。

「何……を」

誰にも気づかれてはいけない気持ち。隠し通せていると信じていた。見つめることさえ、節度を持って堪えていたはずだ。

「……分からないと思っていましたか？　随分、おめでたい。たとえ言葉や態度に出さなくても、貴女の瞳はいつだってアレンを求めていましたよ。……まぁ、他の誰も、彼自身さえ気がついてはいないと思いますがね」

エセルバートの後半の言葉は耳に入らなかった。混乱した頭が一瞬沸騰《ふっとう》するが、すぐに血の気が引いてゆく。手足の熱が失われるまでに、それほど時間はかからず、冷たい汗が背筋を伝った。

「……どうして」

恋に浮かれるあまり、自衛が甘くなっていたのか。他者にはバレバレであったのかと震える指先で口を押さえた。悲鳴が漏れそうな喉を、荒い呼吸ばかりが通過する。

冗談はやめてくださいと笑顔で誤魔化してしまえばいい。困った表情を浮かべれば、この場の雰囲気も和らぐかもしれない。けれど、フェリシアはそんな器用さを持ち合わせていなかった。

「……さぁ、どうしてでしょう？」

近親相姦は罪。叔父と姪の関係は認められていない。明るみに出れば、社会的に抹殺される。それが真実かどうかよりも、一度流れてしまった悪評を消し去るのは困難だ。

「叔父様は……っ、関係ありません！　私が……私が勝手に……」

「もしも、私が腹いせにこの話を広める、と言ったらどうしますか？　それで溜飲《りゅういん》をさげ、全てを水に流すと提案したら？　なんでしたら、アレンとリースリア様の婚姻をとりもってもいい」

上から落とされる艶やかな美声が、微かに揺れた。それまで起伏の薄かった感情の欠片がそこから覗く。つられるままフェリシアが視線をあげれば、そこにはじっとこちらを見下ろす瞳があった。

日が落ちる、夕闇と混じり合うほんの僅かな瞬間、神秘的な紫色に世界は染まる。それと同じ色みが、ただ静かな光を湛えていた。昼と夜の分岐点。最後の煌めきを残し、太陽は地平線の彼方に沈む。そうして、漆黒の夜がやってくる。

「……それで、叔父様を許していただけるというのなら、構いません……！」

泥を被るのは自分だけ。父には迷惑をかけるかもしれないけれど、アシュトン子爵家は守られるはずだ。アレンも無事リースリアと結ばれることができるなら、姪との不適切な関係もただの噂としていずれは忘れ去られるだろう。

結婚前に評判が地に落ちた貴族の娘など誰にも見向きもされないから、自分は予定通り修道院に籠もればいい。俗世と切り離されてしまえば、辛い現実など見ないで済む。……いや、血の繋がった叔父を淫らな眼で見てしまった罪を、一生をかけて償ってゆくのだ。それだけがフェリシアに許された生き方。そして、この恋心を抱き続けられる道。

「そこまで……」

苦しげに歪んだエセルバートの顔が背けられた。ギリッと耳障りな歯ぎしりが聞こえてくる。震える彼の顎は、何かに耐えているようだった。

「──報われませんね。貴女は独り貧乏くじを引くのですか？　そしてアレンはそんな心情も苦悩も知らず幸せになる……不公平だとは思いませんか」

「いいえ。叔父様のためなら、私は何でもできます。あの方の幸せのための礎《いしずえ》になれたという誇りだけで、生きてゆけるでしょう。——私は、この想いに殉《じゅん》じるつもりです」

今更隠しても仕方ない。フェリシアは生まれて初めて、他者の前で秘めた想いを吐露《とろ》した。生涯口にすることは叶わないと思っていたアレンへの恋情を言葉にし、少しだけ心が軽くなる。こぼれた涙を拭い、まっすぐエセルバートを見つめた。

「お願いします。私はどうなっても構いません。どうか寛大な処置を……」

「黙れ……っ！」

「え」

突然の怒声に驚き固まっていると、いつの間にか視界には天井が広がっていた。描かれた優美な天使たちがフェリシアを見下ろしている。ソファの上に押し倒されたのだと気がつくのには、少しの時間が必要だった。

「そこまで……！　己を犠牲にして守りたいほどに……アレンが好きなのか」

丁寧な言葉遣いをかなぐり捨てたエセルバートは、燃えるような瞳でフェリシアの身体を真上から押さえ付けてくる。青い焔《はのお》は赤い焔よりも温度が高い。二人分の体重を受け止めたクッションが、腰の下で潰れていた。

「……!?」

問われた内容よりも、豹変してしまったエセルバートへの驚愕が隠せない。いつも優しく冷静沈着だった彼が、獣のような荒々しさで伸しかかってくる。掴まれた腕が軋み、苦痛に顔を歪めてもやめてもらえない。普段の彼であれば、いつもフェリシアの感情や変化には敏感に気がついてくれるのに。

「痛い……です。エセルバート様」

「わざとだと、分からないのですか？　愚かだな」

底冷えのする嘲笑《ちょうしょう》に晒されて、フェリシアは瞳を揺らした。全てが突然で、理解ができなかった。彼を怒らせてしまったことは分かる。けれど、それは今晩この屋敷にきた最初からであったはずだ。それなのに、今この瞬間の方がエセルバートの苛立ちは深まっているように感じる。むしろフェリシアが許しを請うたことで、火に油を注いでしまったかのように。

「申し訳ありません。私が気に障ることを言ってしまったのでしょうか」

「……ああ、本当に鈍くて嫌になる。私は、貴女のそういうところが昔から大嫌いでしたよ」

「……！」

兄のように慕っていた。家族も同然と心を許していた。だから多少の甘えは許容してもらえると考えていた。それなのに、疎《うと》まれていたなんて。

ショックのあまり、言葉が出ない。止まっていたはずの涙が、再び頬を伝っていった。

「……フェリシア……」

刹那《せつな》、エセルバートの指先が溢れる滴をなぞった。目尻から頬へかけて感触を確かめるように優しく、そっと。それは壊れ物を扱う如くに柔らかな触れ方だった。慈しむ熱が凍える肌を愛撫する。

「……エセルバート様」

フェリシアのよく知る、温和な彼に戻ってくれたのかと思った。期待を込めて見上げた視線は、しかし冷たい眼差しに遮られる。

「何でもすると言いましたね。では今すぐ服を脱いでもらいましょうか」

「……え？」

乱暴に前髪を掻き上げたエセルバートは、酷薄《こくはく》な笑みを浮かべていた。

3 罪の味

「あの、どういう意味でしょうか」

フェリシアはソファに仰向けの状態で転がったまま、覆い被さるエセルバートを見上げていた。サラサラとした彼の黒髪が流れ落ち、その表情を隠してしまう。うっとうしげにもう一度髪を掻き上げたエセルバートは、形のよい唇を蠱惑《こわく》的に歪めた。

「そのままの意味です。この場で全裸になれということです。他にどんな意味に解釈できますか」

さも馬鹿を相手にするかのような物言いに混乱する。彼はこんな冷たい態度や言葉遣いをする人ではなかった。いくらそりの合わない相手であったとしても、穏便に笑顔で躱すくらいの機転を持ち合わせている。敵愾《てきがい》心を剝《む》き出しにした級友や仕事上のライバルにさえ、優雅に対応してみせるのだとアレンはよく彼を誉めていたではないか。

だからこそ、知らなかった。いつも穏やかな笑みを浮かべていたエセルバートが別の表情を浮かべれば、こんなにも冷酷になるなんて。そして、息を呑むほどに凄絶な色香を放つなんて。

「な、何故」

着替えるのでも、入浴するのでもないのに、服を脱ぐなどできない。まして、他人の家で男性を前にしてなど言語道断だ。

「何故？　さっき自分がおっしゃったことを忘れましたか？　『どうなっても構わない』『何でもする』のでしょう？　だったら、婚約者に逃げられて傷心の私を、その身体で慰《なぐさ》めてくれてもいいのでは？」

ツ……とフェリシアの喉元から胸の中央へとエセルバートの指先が滑らされた。少しでも身動きすれば、谷間で止まっている手に乳房が触れてしまう。いくら布越しとはいえ、こんな風に家族以外の男性に触れられたことはない。フェリシアは呼吸も上手くできずに身を震わせた。

「あの、私」

「今更、怖くなりましたか？　こんな時間に一人で男のもとに飛び込んでくる暴挙に出たかと思えば……ああ、それは大切な叔父様のため我を忘れていたからか。それとも、私など男の範疇《はんちゅう》には入っていなかったのかな？」

クスクスと笑いながらも、彼の瞳は微塵も和らいではいなかった。夜の海だって、これほど禍々《まがまが》しくはない。澱《よど》んだ沼の中へ沈み込むような不快感がフェリシアの全身を占拠する。もがこうとする両腕は、エセルバートに搦《から》め取られていた。

「それとも、脱がせて欲しくて焦らしているのか」

「違……っ！」

侮辱だと、抗議しようとした唇は乱暴に塞がれていた。口づけられているのだと気がつき、夢中で頭を振る。初めてのキスは口内を蹂躙《じゅうりん》する荒々しさから逃れようとするだけで精一杯だった。甘さなど微塵もない。物語に描かれているような素敵な夢など、木っ端微塵《こっぱみじん》に砕《くだ》かれた。

顎を掴まれ閉じられなくなった歯の間から、ぬるりと何かが侵入してくる。生温かく滑るものがエセルバートの舌だと分かっても、抵抗するだけ無駄だった。歯列をなぞられ、奥へと縮こまる自身の舌を吸い上げられる。上顎を擽《くすぐ》られ、混ざり合った唾液は飲みくだすより他になく、淫らな音を立てながら口の中をくまなく味わわれた。次第に心はへし折られ、身体から力が抜けていってしまう。

「ん……ふっ」

息苦しくてエセルバートの胸を叩いて伝えれば、漸く唇は解かれた。酸素不足からフェリシアの顔は真っ赤に上気し、瞳は潤《うる》み、口の端からは透明《とうめい》な雫が流れている。自分でも酷く淫猥《いんわい》な状態であることは薄々察した。

「いやらしいな。とても初めてのキスとは思えないほど順応力がある。そんな淫らな身体で、修道院に行くつもりだったのですか？」

濡れた唇を親指で拭う彼の仕草がとても艶めかしい。今まで見たこともない彼の男性的な一面を見せられ、フェリシアの心臓が不規則に鳴り響いた。酷いことを言われているのは分かるのに、ぼんやり霞みがかってしまった頭はきちんと働いてくれない。今夜立て続けに見舞われた混乱で、心は既に麻痺してしまっているのだろうか。ただ耳鳴りだけが外の風雨と混じり合って荒れ狂った。

「嫌……」

それでも、このままでは大変なことになると、残された理性が警告した。フェリシアが身につけたドレスの前に並んだボタンを外されてしまえば、装飾の少ない服は簡単に脱げてしまう。下着も簡単なものしか身につけてはいない。誰にだって容易に剝ぎ取ることができる。

「嫌？　貴女に選択肢があるとでも？」

「で、でも……、こんな」

「ではご自分で決めなさい。アレンと共に全てを失うか、それとも気高い自己犠牲の精神で家族を守るのか。私はどちらでも構いませんよ」

きっと悪魔に唆《そそのか》されるときはこんな気持ちなのだ。いけないと分かっていながらも、その手を取らずにはいられない。美しい顔と声でなされる甘言に、身も心も囚われてしまう。

――ああ、だからこそ人を堕落へと誘う存在は、こんなにも美しい……

見下ろしてくる青紫の瞳には、様々なものが揺れていた。けれど、フェリシアには何一つとして汲み取れない。ついさっきまで兄と慕っていた相手に嫌われていたと思い知らされた今となっては、通じ合っていたという幻想さえ空々しい。何もかも、独り善がりな思い込みにすぎなかったのだ。

「私は――」

「選べませんか。――だったら、私が引きずり落として差しあげます」

「……っ!?」

強引に束ねられたフェリシアの腕は、頭上に張りつけられた。破れてしまうのではないかと不安になる力で胸元を開かれ、白い肌が晒されてしまう。まろび出た豊かな胸へ、突き刺さるような視線を感じた。

「やめてください……!」

湧き上がる羞恥《しゅうち》が眩暈《めまい》を呼ぶ。涙でけぶった視界には、幼い頃から見慣れた男が覆い被さっていた。けれど、記憶の中の彼とはどうしても重ならない。あの温和で理知的だったエセルバートとは似ても似つかぬ男が、今自分を喰らおうとしている。いくら疎んでいたと告げられても、過去の彼の優しさ全てが偽りだったとは信じられなかった。慰めてくれた言葉、褒めてくれた手、励ましてくれた笑顔の全てに嘲りが潜んでいたとは、とても考えたくはない。アレンと同じくらい信頼し、楽しいときを重ねてきた過去が現在を拒絶する。

だからこそフェリシアは、こんなことになってもまだ、エセルバートならば自分に酷いことをしないのではないかという期待を捨て去ることができずにいた。

「エセルバート様……、他のことでしたら私、喜んで……」

昔三人でゲームに興じたとき、当然ながらいつもフェリシアの負けばかりだった。普通にやってもつまらないというアレンの提案のもとに決められた罰ゲーム。敗者には何らかのペナルティが科せられたが、その際いつもエセルバートはこっそり簡単な罰に交換してくれ、自分を守ってくれた。あのときのことがどうしてもフェリシアは忘れられない。

きっと今回も――と無意識に甘えが顔を覗かせる。

「――ははっ、……他に望むことなど、何一つありません」

「んん……ッ」

再び深く口づけられて、思考は霧散した。胸の頂を摘まれて、フェリシアの身体が硬直する。発した悲鳴はそのままエセルバートの口内に呑み込まれ、意味を成さない音に変わった。ひくりと波打った腹の底で、何かが騒《ざわ》めき出すのを感じる。

「随分と快楽に弱い。いつも淫らな妄想でもして自分を慰めていたのですか？」

「そんなこと……、するわけがありません……！」

捏《こ》ね回される膨らみに愕然《がくぜん》とした。その中央で色づき、硬く尖る頂がいやらしくて、更に絶望を運んでくる。触れられれば、擽《くすぐ》ったいような不思議な感覚が走り抜けていった。

「は……ッ」

「嘘つき。これほど簡単に反応を示して、何も知らないと嘯《うそぶ》くつもりですか」

「ひ、あっ」

強めに嬲《なぶ》られた乳首が痛み、悲鳴をあげた。すると今度は同じ場所をねっとりと舐めあげられる。労わるような舌遣いが立ち上がった根元に絡みつき、中央を擽られた。先刻の痛みは押し流され、ジンとした甘い疼《うず》きが下腹部に溜まってゆくのが分かる。

「……ぁ、あ」

エセルバートの黒髪がフェリシアの肌を撫でた。その微かな感触にさえ何かが刺激され、揺り起こされてしまう。いつの間にか解放されていた手で拒もうとしたが、力の抜けた指先は彼の頭に触れただけだった。

サラサラと、絹糸のような髪が爪の間から逃げてゆく。間近で見れば、僅かに銀色がかっているのに気がついた。月に似た清廉な輝きがランプの光を浴び、誘惑の香りを帯びる。艶めいた色は、濃厚な夜の気配に満ちていた。

　エセルバートの唾液に塗れた胸が、ヒヤリと冷たい。火照ってしまった肌との対比で、尚更ジクジクとした痺れを感じた。隆起した頂は、もっと触れてくれと強請《わだ》るように卑猥《ひわい》だ。

　いつか誰かと結婚すれば、こういう行為が含まれるのは覚悟していた。貴族の子女に生まれた義務として受け入れねばならないと考えていたはずだ。けれど、その相手がエセルバートだとは想像さえしたことがなかった。まして、こんな場所で腹いせの玩具《おもちゃ》として扱われようとは。愛情などどちらにもなく、あるのは罪の意識と怒りだけ。その空しさが新たな涙をフェリシアにこぼさせた。

「嫌……」

「……どれだけ泣いても、もう遅い」

　押し殺した彼の呻きが、耳朶《じだ》を掠めた。

「諦めて、大人しくしていなさい」

「駄目……！」

　エセルバートの手がスカートの中へと潜り込み、フェリシアは咄嗟《とっさ》に脚を閉じた。そこだけは決して晒されてはならない、夫になる相手にしか見せてはいけない、はしたない場所。淑女として教育されてきたフェリシアにとっては、未婚の身で行為に及ぶなど正気の沙汰《さた》ではなかった。

「無理やりされるのが好きなのですか？」

「ひ……ッ」

恐怖に顔が引き攣り、震えが止まらなくなる。怯えた視線を泳がせれば、エセルバートは苛立たしげな舌打ちをした。

「……暴れなければ、乱暴にはしません」

そんなことを言われても、フェリシアにとって同意もなく始まった行為は暴力も同然だった。

硬く強張った身体は、小刻みに震えている。滲んだ涙は粒となり、次々と透明の筋を頬に刷いた。凍りついてしまった身体は、自分自身のものなのに制御がきかない。壊れてしまった涙腺は、とめどなく涙を量産し続ける。全身が、拒絶を示していた。

「……くそっ……」

そこから視線を引き剝がしたエセルバートに、フェリシアのスカートは捲り上げられた。膝を割り開かれ、脚の付け根を弄《いじ》られた瞬間、噛み殺しきれなかった悲鳴が漏れる。

「やぁ……ッ、お願いします、誰か助けて……っ、お、叔父様……！　叔父様助けて！」

いつでも、自分へ救いの手を伸ばしてくれる人。暗闇の中から引きあげてくれる道標《みちしるべ》のような存在。どんなときも、絶対的に自分の味方だと信じられる者をフェリシアは呼んだ。

『怖い夢を見たんだね』と頭を撫でて欲しい。『もう大丈夫だよ』と晴れ晴れとした笑みを見せて欲しい。そうすれば、きっとどんな悪夢も忘れられる。

「……アレンの……あいつのどこがそんなにいいんだ……!?」

しゃくりあげながら閉じていた瞳を開けば、エセルバートが痛みを堪えるように眉根を寄せていた。乱れたシャツから覗いた喉仏が、官能的に上下する。喘ぐように息を吐き、フェリシアの顔の横で握り締められた彼の拳は白く筋が浮いていた。

「それは――」

自分にだって分からない。子供の頃は優しい兄のようだと懐いていただけだ。そういう意味ではエセルバートと同じだった。どうして叔父でなければならないのか、それをはっきりと説明することは難しい。きっと理路整然とした理由など、ないのだ。

ただ、恋に変わったきっかけは覚えている。

突然の病で眼を患い、暗闇の中で怯えていた日々。丁度同じ頃、普段饒舌なアレンも喉を痛めて会話ができなくなってしまった。あの特別な数日、二人の間には今までにない繋がりが生まれたのだと思う。

指先と気配だけの交流。不自由なやり取り。それで、充分だった。あの時間があったからこそ、今の自分があるのだと信じている。フェリシアにとってアレンと二人だけで共有する宝物のような思い出。それを他者に明かすつもりはなかった。

「……エセルバート様には、関係ありません……っ」

「――ああ、そうですか。確かに、その通りだ」

「やぁっ」

強引に差し込まれたエセルバートの手が、フェリシアの秘められた場所を布越しに撫であげた。力づくで開かれた脚が、ふしだらに宙を掻く。逃れようとずり上がった身体は、大きな手で押さえ込まれた。手早く下着を奪われて、下肢を隠してくれるものはもう何もない。あり得ないところへ感じる視線に、全身が燃え上がるほどに熱くなった。

「見ないでください……！」

「そんな要望を、口にできる立場だと？」

懇願はあっけなく撥《は》ねつけられ、フェリシアはせめてこんな光景を見ないようにと両手で顔を覆った。現実を直視する勇気がない。いっそ全部が夢ならよかったのに。そうすれば、秘密の恋を抱えたまま、仲の良いアレンとエセルバートを見守っていられた。それだけで満足していられるはずだった。それなのに何故、兄と慕った人の前で、こんな淫らな姿を強要されているのだろう。

「あ……!?」

だが、そんな現実逃避さえ、エセルバートは許してはくれなかった。

口にすることもできない恥ずかしい場所に、空気の流れを感じる。微かな感覚がこそばゆくて、恐る恐る指の隙間から確認すれば、見なければよかったと後悔する光景が広がっていた。

フェリシアの太腿を抱えた彼が、赤い舌を伸ばす。今まさにその先が触れようとしているのは、人体で最も不浄な場所だ。そんなところを晒されるだけでも耐えられないのに、舐められるなどとても考えられない。

「や、嫌っ、エセルバート様、やめてくださいっ！」

がむしゃらに振り回した手足は無慈悲にも押さえ込まれた。罰のように更に大きく脚を開かれ、膝が胸につきそうなほど、腰を折り曲げられる。伸しかかられた苦しさに喘げば、ソファの座面からフェリシアの尻が浮きあがった。

「……綺麗だな」

「そんなはず……っ」

恥ずかしさと屈辱で、もう訳が分からなかった。不安定な体勢では碌《ろく》な抵抗もできやしない。身を捩《よじ》れば転がり落ちてしまいそうな恐怖と、そんな反撃さえ許してもらえそうもない拘束に困惑する。

がっちりと摑まれ、開かれた箇所へ、再び彼の呼気が掠めた。エセルバートの体温を感じるほどの距離で眺められていることを察し、一気に総毛立つ。

「い、ゃぁ……ッ」

もはや大声も出せずに、せめてもの拒絶を訴えた。無様に剝ぎ取られた服が邪魔をして、身動きは制限される。少し胸元が乱れただけのエセルバートと、半裸の状態の自分。その惨《みじ》めな対比が容赦なく絶望を突きつけた。

怖くて怖くて堪らない。信じていた相手に裏切られ、戯《たわむ》れに純潔を奪われようとしている。こんな酷いことが起こるなんて、微塵も考えてはいなかった。それだけ、彼を信頼し甘えてもいたのだ。フェリシアにとって、家族以外で一番親しく心を許していた人に。

「暴れるな。……暴れないでくれ」

「……？」

命令に入り混じる不思議な響きに、束の間フェリシアの動きは止まってしまった。揺らした視界の中には、不機嫌とも違う顔をしたエセルバートが映る。こんな辛そうな表情を、どこかで眼にしたことはなかっただろうか。いや、フェリシアの知る彼はいつだって余裕のある穏やかな微笑みを絶やさなかったはずだ。だとすれば、いったいいつ――？

――ああでも……エセルバート様も、叔父様とリースリア様に裏切られて傷ついていらっしゃるんだわ……

結婚を決意した女性と親友の二人からの手酷い裏切り。その心痛はいかばかりだろう。きっと、今自分が感じている痛みよりも重いのかもしれない。

同情ではない、奇妙な感情が胸によぎった。その感情を表す言葉へ辿《たど》りつく前に、フェリシアは手足を強張らせる。

「ぁ、ああッ」

激しい悦楽が弾けた。経験したことのない快感が、脚の付け根から湧き上がる。先ほどまで与えられていた快楽など可愛いものでしかなかったと思わずにはいられない濁流に爪先までが勝手にビクビクと痙攣《けいれん》し、とてもじっとなどしていられなかった。

エセルバートの舌が、神経の集中したフェリシアの蕾を舐める。全体で覆ったかと思えば、尖らせた先で突き、根元から丁寧に扱《しご》く。時折口内に吸い上げられ、硬い歯の感触にさえ腰が震えた。

「ん、ぁあああっ……や、それは……っ」

噴き出した汗で髪が額や首筋に張りつく。その不快感も気にならないほど、フェリシアは身悶えた。

気持ちがいいなんて簡単な単語では言い表せない。もうやめてと訴えるほど、より執拗《しつよう》に攻めたてられる。伝い落ちた蜜を啜《すす》られ、何ものの侵入も許したことのない入口も丹念に舌で解されてゆく。繊細な動きは時にもどかしく、時に大胆にフェリシアの官能を引き摺り出す。男女の交わりなど何も知らない無垢《むく》な身体には、全てが強すぎる刺激だった。

「は……あ、ぁあッ……舐め、ないでぇ……」

陸に打ち上げられた魚のように、フェリシアは跳ねた。上手く息が吸い込めないという意味では、今は同じ存在かもしれない。はくはくと唇を開閉しても苦しさは少しも解消されず、むしろエセルバートから滴る毒を孕んだ色香にあてられて、眩暈がする。

「指の方がいいですか」

「指……？」

霞んだ頭で考えても、彼が何を言わんとしているか理解できない。それでも、この辱めをやめてくれるならとフェリシアは素直に頷いた。

「そうですか。狭すぎるから、少し慣らしてからと思っていましたが……貴女の希望ならば仕方ないですね」

笑みと呼ぶには陰惨な表情で、エセルバートは片頬を歪めた。黒髪の隙間から覗く双眸《そうぼう》が、危険な光を帯びる。

「待ってくださ……っ」

間違えた、と悟ったときにはもう異物感に身を竦ませていた。

両脚の付け根に押し込まれる指先。狭隘《きょうあい》な道を蹂躙《じゅうりん》され、引き攣れる痛みと混乱に悲鳴を漏らせば、彼の指先に我が物顔で内壁を撫でられる。傷口を弄られているようにピリピリと内側が痛み、粘膜を擦られる恐怖でフェリシアの踵《かかと》がソファの背凭《せもた》れを蹴った。

「はしたない足だ。とても淑女とは言えませんね。いっそ縛ってしまいましょうか」

「そんなっ……」

縛られ、穢《けが》されるなんて恐ろしい。こんな冷酷な発言をするなんて、眼前の男はもうフェリシアの知る『エセルバートお兄様』ではないのだと認めるしかない。今、自分を組み敷いているのは、見知らぬ一人の男だ。あらゆる苛立ちを、この身で晴らそうとしている残酷な人。そしてそこまで追い込んでしまったのは、フェリシアの愛するアレン。

「逃げられないように拘束して、気の済むまで犯し尽くして差しあげます」

知性を持つ獣ほど手に負えないものはない。剥き出しの情欲に晒されて、フェリシアはかちかちと歯を鳴らした。けれども、一度火を灯されてしまった下腹部が、同時に疼くのも感じていた。

血の気が引くほど怖いのに、何故か熱くて堪らない。赤らんだ肌には汗が浮いている。そんな相反する反応は、フェリシアの女の部分を潤ませた。自分でも分かるほど、奥から勝手に蜜が溢れ出す。それは単純に、自身の身体を守るための反応にすぎないのかもしれないが、性の知識に乏しいフェリシアには、分かるはずもなかった。

「どうしました。やはり強引にされる方がいいのですか。男の力には敵わないと、言い訳できますものね」

「違います……！」

無理やり開かれることなど望んではいない。だが、エセルバートの指を歓迎するかのように喰い締めてしまっているのは何故なのか。淫らすぎる己の身体に失望し、フェリシアは何度も頭を振った。

「こんなのは、嫌です。お願いします。もう許して……っ、ひ、ぁあッ」

半ばほどに留まっていた彼の指が、ぐっと奥深くへ突き込まれた。それは男性にしては細く、決して太いものではないけれど、まだ固く閉ざされた隘路《あいろ》を軋ませるには充分すぎる。いくら存分に濡れていても、フェリシアの秘裂は無粋な侵入を拒んだ。

「痛……っ、ぁ、あ……」

馴染《なじ》ませるように動く指が、ぐちゃぐちゃと淫猥な水音を立てる。掻き出された蜜液が肌を伝い、ソファへ卑猥な染みを作った。エセルバートの肩へと担がれてしまった片脚を暴れさせ彼の背中を蹴ったが、そんなものは子供の抵抗よりも簡単に封じられてしまう。内側を探られるのと同時に、敏感な芽を親指で擦られ、痛みと快楽を交互に与えられた。

そして次第に快感の割合が多くなる。丹念に与えられた悦楽を無意識に拾い上げ、フェリシアの天秤《てんびん》は完全に享楽《きょうらく》へと傾いた。

「何……？　何か変……っ、ゃあ、何かきちゃう……ッ！」

駆け巡る血の音が聞こえた気がする。打ち鳴らされる心臓が壊れそうで、フェリシアは縋るものを求めてソファに爪を立てた。上質の布が裂けそうなほどに喰い込ませた指先は、エセルバートによって引き剝がされる。そして、彼の片手へ繋がれた。

「そのまま、身を委《ゆだ》ねればいい」

「やぁ、あ……、怖いっ……」

「大丈夫です。ほら」

導かれるまま腹を波打たせる。もはや脚を閉じたいなどという望みは消え去り、フェリシアは苦しいほどの快楽に囚われていた。勝手に動く腰は淫靡《いんび》なダンスを踊り、開きっ放しになった口からは嬌声《きょうせい》ばかりが紡がれる。煮え滾る頭の中には早く解放されたいという欲求しかない。それは、未だフェリシアの知らない弾ける瞬間を望むことだった。

「あ、ぁ、もう……っ」

「いやらしいな。とても初めてとは思えない」

激しく出入りする指は、複数に増やされていた。一本でも苦しかったはずが、今は三本も咥え込まされている。それぞれをバラバラに動かされ、感じてしまう場所を容赦なく抉られた。更には赤く膨れた芽を再び舌で嬲られ、フェリシアの視界は真っ白に弾ける。

「……ぁっ、あ、ああ――――ッ」

全身を戦慄《わなな》かせ、喉を晒して達してしまった。意思とは反対に、肉壁が何度も収縮する。呼吸を忘れ、全身から汗が噴き出した。波のように快楽は寄せては返し、一向に鎮まってはくれない。痙攣する太腿も、揺れる乳房も、濡れそぼった花弁も、何一つ隠せないまま虚脱した身体を横たわらせる。乱れた呼吸は整わず、フェリシアの開いた瞳にはもう何も映ってはいなかった。

「……ぁ……」

指一本すら動かすのが辛い。それどころか、おりてくる目蓋《まぶた》を押し上げることさえ億劫だった。もうこのまま漆黒の眠りに身を預けてしまいたい。目が覚めれば全てが夢だったという甘い妄想に逃げ込みたかった。けれど、そんなことが許されるはずもなかった。

「初めてにしては楽しめているようでよかった。この行為が辛いばかりだと思われたら、今後面白くないですから。でも今度は――私を満足させてもらいましょう」

大きな影が覆い被さる。エセルバートの羽織ったままのシャツがフェリシアの胸の頂に擦れ、堪らない愉悦《ゆえつ》を生んだ。

「は、ぁ……」

達したばかりの身体には、それさえも鮮烈すぎる。

ひくりと震えたフェリシアの肩口へ、不意に彼が唇を落とした。まるで何かを願うような敬虔《けいけん》さでさげられた頭を不思議に感じ視線を向けたが、長い前髪に隠されたエセルバートの表情は窺えない。元より、自分には彼の心など分かるはずもないのだと、フェリシアは諦めの境地に沈んだ。

「そのまま、力を抜いていてください」

中途半端に脱がされたドレスが纏わりつき、重い拘束具のようにフェリシアを戒める。自分が人形になった心地で、惰性のまま呼吸だけをしていた。シャンデリアの光が眩しく、思わず眇めた瞳で、まだ生きているのだと自覚してしまう。そして決して夢ではないのだと、望んでもいないのに教えてくる。いっそこのまま意識を手放したいと、どこまでも卑怯な安らぎを求めたとき、罰のような激痛に見舞われた。

「いッ……」

身体を真っ二つに引き裂かれるのかと思うほどの痛みが、脚の付け根へ与えられた。大きく開かれた両脚の中央に、エセルバートがいる。先ほどと違うのは、彼の服が寛げられていることだ。そして、今まさに、男性の象徴がフェリシアの中へと埋められようとしていた。

「う……あッ」

引き伸ばされた入口が焼けるように痛む。とても大きさの合わないだろうものが、強引に内壁を擦りあげながら侵入してくる。みしみしと軋む音が聞こえるのは、きっと気のせいではない。やめてくれと叫ぼうにも、喉は悲鳴さえ奏ではくれなかった。歯を喰いしばり、呻くだけで精一杯。瞬きさえできずに強く眼を瞑《つぶ》る。握り締めた拳の内では、爪が手の平に喰い込んだが、そんなものは痛みとして知覚できなかった。それよりも、下肢からの激痛に苛《さいな》まれる。

「……息を、とめないで。ちゃんと吐きなさい」

「む、り……です……」

呼吸の仕方など忘れてしまった。真っ赤に染まった頭の中では、一刻も早くこの責め苦から逃れたいという思いしかない。これ以上入ってこないでと心の中で絶叫して、フェリシアは新たな涙をこぼした。火照っていた肌は冷え切り、指先までが冷たくなっている。

きっと、これほどの苦痛を与えられることこそが、自分の受けるべき罰なのだ。血の繋がった叔父に恋慕を抱き、傷ついているエセルバートに甘え都合のいい要求をした。彼の心の痛みを斟酌《しんしゃく》しようともせず、自身の想いだけを優先させた。

――こんな私では、嫌われても当然だわ……

「……っち」

彼らしくない舌打ちが聞こえた後、頬に柔らかな接触を感じた。啄《ついば》むようなキスに促され、閉じていた目蓋を少しだけ押し上げる。

「……泣くな」

フェリシアの涙を舌先で掬い取ったエセルバートは、まるで味わうように何度もその行為を繰り返し、滴を飲みくだした。彼の唇を濡らすのが自分の涙だと知り、複雑な気持ちになる。昔、父に顧みられない寂しさから泣いてしまったとき、こんな風に慰められたことがあった。あのときも彼は、煩《わずら》わしい子供だと内心思っていたのだろうか。『泣かないで、眼が赤くなってしまうよ』と微笑んでくれたのは、全て偽りにすぎなかったのか。甘やかな頬への口づけさえも。

「エセルバート……お兄様」

かつてと同じ呼び方は、自然に口をついて出ていた。あの頃は、アレンと彼の後を追いかけることが何よりも楽しかった。自分を甘やかして傍にいてくれる二人がいれば、母のいない悲しみも、父に構ってもらえない侘《わ》びしさも、忘れていられた。叔父への気持ちが、明確な恋に変わる前の穏やかなひと時。だが――

「……私は、貴女の兄ではない」

先ほどの労りが嘘のように、エセルバートの声音は冷たく凍えていた。見下ろしてくる視線の中にも、凍土が広がっている。温度をなくした表情は、皮肉なほどに美しかった。

「ひ、ゃああ……っ」

ぐっと押し進められた彼の剛直が何かに引っかかった直後、一気に最奥へと叩きつけられた。その瞬間、本当に身体を裂かれたのかと思うほどの灼熱《しゃくねつ》に内側を焼かれる。みっしりと収まった彼の屹立が、生々しくその存在を主張していた。

「しっかり眼を開いて見るといい。今、貴女が誰に抱かれているのかを。どんな男に純潔を奪われたのかを」

顎を押さえられ、強引に視線を合わせられた。一度囚われてしまえば、逸らすことなどできやしない。雁字《がんじ》搦《がら》めにされた視界の中で、美術品のように整った顔立ちの男が笑う。

けれどそれは天使や神々の慈愛に満ちた微笑みではない。人を破滅へと誘う悪魔のものだ。見惚れるほどに秀麗な、それでいてどこまでも邪悪な微笑。魅入られれば、もう逃げられない。

「これでもう、貴女は私のものだ」

「……あ、あ……っ」

ゆるりと動かされる昂ぶりが、痛みを増幅させた。傷ついた内壁を無慈悲にも擦りあげられ、心臓が鼓動を刻む度、全身へその痛みは広がってゆく。

「い、痛……動かないで、くださ……っ」

懇願など無意味だと何度思い知らされても、願わずにはいられなかった。癖のように甘えてしまうのは、まだエセルバートを信じたいと思っているからなのか。それとも己の狡い本性がそうさせているのか。どちらにしても、今の彼には伝わるはずもなかった。

「無理を、言うな……っ」

苦しげな吐息が耳を掠め、昂ぶりが引き抜かれたと安堵する間もなくまた奥へと押し込まれる。内臓を内側から押し上げられる苦しさと、脆弱《ぜいじゃく》な肉洞を抉られる痛みになす術もなく揺さぶられる。肌のぶつかる音、上下する視界、淫らな芳香。この場のあらゆるものが、フェリシアを追い詰めた。耳を塞ぎたくなるような聞くに堪えない水音が、自分の身体から奏でられているなど認めたくない。意識を切り離そうとする度に荒々しく腰を打ちつけられ、逃避することも許してはもらえず、更なる辛苦に苛まれる。

「……ひっ、ぐ……」

「貴女を苦しめているのが私だと思うと最高の気分にもなりますが、痛いとばかり泣かれるのは、つまらないな」

「ぃ、あ……ぁあッ」

この苦痛が永遠に続くのかと心が折れかけた瞬間、忘れていた快楽が呼び戻された。繋がり合う場所の上部にある、卑猥な花芯へエセルバートの指が添えられる。円を描くように、充血し硬くなったところを撫でられ、フェリシアは下肢を慄かせた。先ほど滴るほどに溢れた蜜を絡ませた彼の指先が、滑らかな動きで敏感な芽を弄る。触れるか触れないかの絶妙なもどかしさを与えられたかと思えば、二本の指で執拗に扱かれた。舌とはまた違う刺激に、消えてしまった愉悦が再び首を擡《もた》げてくる。

「ん、ゃ、ぁあ……」

「貴女はここを虐められるのが随分お気に召したようだ。嬉しそうに涎《よだれ》を垂らして……ほら、中が締めつけているのが分かりますか？」

限界まで押し広げられた結合部の縁をなぞられ、フェリシアは声にならない悲鳴をあげた。

痛みも恐怖も変わらない。それなのに、先刻までは得られなかった何かが、生まれようとしている。きっとそれを味わってしまえば、もう元の自分には決して戻ることはできないだろう。

「ここをこうして可愛がる度、きゅうきゅうと私に絡みついてくる」

「あ、ぁ……っ、嫌……っ」

ぬるぬると赤く充血した真珠を嬲られ、無意識に腰が揺らめいてしまう。そんなつもりは毛頭ないのに、体内に収められたエセルバートの形がまざまざと伝わってきた。誘うように奥が騒めいて、何かを本能的に強請《ねだ》っている。

「……っ、食い千切られそうだな」

はぁ……と彼の漏らした吐息が、フェリシアの髪を擽った。滴る汗が、混じり合う。ボタンの開かれたシャツからはエセルバートの逞しい胸板が晒され、引き締まった腹へと続いている。そしてその下にある凶悪な器官は今、全てフェリシアの中へと埋められていた。

「……ん、くっ……」

「もう少し、付き合ってもらいますよ」

「ひ、あッ」

完全に抜け出す寸前まで引かれた腰が、振り子のように戻ってくる。ぴったりと重なり合ったフェリシアとエセルバートの身体からは、肉のぶつかる乾いた音が鳴り響いた。合間に、粘着質な水音が奏でられる。けれども、激しい抽送で押し出された悲鳴には、今度は僅かに艶が含まれていた。

「ぁ、あッ……ゃ、ああ……っ」

剝き出しにされた花芯が、彼の指に歓喜している。苦痛よりも快楽の方を選択するのは、生き物ならば自然なことだ。フェリシアも放り出された嵐の中で、必死に救いの神に縋りついていた。それが邪悪な姦計《かんけい》だとしても、眼の前に差し出された手を取らずにはいられない。この煉獄《れんごく》から助け出してくれるなら、きっと何でもする。

与えられる淫悦の欠片を追いかけて拾い集め、フェリシアは喘ぎを漏らした。血の気が引いていた肌は赤く染まり、官能に身体をくねらせる。それがひどく男の情欲を刺激するとも知らず、半開きになった唇から舌を覗かせた。

「……本当に、貴女には苛つかされる……っ」

「あ、あんッ、ゃ、ああ……」

一層荒々しさを増した動きで抉られ、腹の中を掻き回された。特にある一点を擦られると反射的に戦慄き、激痛はいつの間にか痺れに呑み込まれてゆく。壊れたように嬌声をこぼすフェリシアの唇は、エセルバートの唇に塞がれた。

「ん、ふ、ぁっ」

舌を絡ませ合い、互いの唾液を交換する。促されずとも差し出した舌の表面を舐《ねぶ》られて、フェリシアは喉奥を震わせた。こうしていると尚更痛みは遠退き、それどころか極彩色の快楽に世界は彩られていった。チカチカとシャンデリアの光ばかりが眩しくて瞳の奥を乱舞する。どこかへ連れ去られそうになる我が身が恐ろしく、フェリシアは必死に伸ばした腕でエセルバートに縋りついた。

「貴女が、こんなにも淫らな女だったなんて」

嘲笑には、何故か喜びが含まれていた気がする。けれど、それを確認する術はフェリシアにはない。圧倒的な淫悦に押し流され、理性などもはや残ってはいなかった。

「あ、ぁあッ……ひぁっ」

「もっと乱れなさい。そして、離れられなくなればいい。ずっと可愛がってあげますよ」

契約は、これ一度きりのものではないのだと、頭の片隅で理解する。それを悲しいと思うのに、今はまともに頭が働いてくれない。フェリシアは狂った獣のように痴態を晒して、壊れた玩具さながらに声をあげた。

「ん、ぁあッ……あ、あぅっ」

「貴女は、私のものだ」

刻み込むつもりなのか、先ほども告げた台詞をもう一度繰り返された。同時に、一際強く穿《うが》たれフェリシアの踵が大きく跳ね、エセルバートの屹立がその質量を増す。

「あ、ぁ……苦し……っ」

限界だと思っていた隘路を更にいっぱいにされ、苦しい。頭上に逃げようと試みたが、あえなく身体は固定されてしまった。むしろぐりぐりと奥を突かれて、フェリシアは髪を振り乱し身悶える。

「い、ゃぁあっ、も、もう……っ！」

恐ろしいあの感覚が、またきてしまう。何もかもが弾けて、堕落へと誘われてしまう。この行為が苦痛を伴うだけのものであれば、まだ救われる。自分の意思ではないと言い訳ができる。けれども、そうでないことはフェリシアにはよく分かっていた。

じわじわと水位をあげる淫らな欲求。もう、手の届くところまで『あの感覚』が迫っている。禁断の果実は、一度味わってしまえば抗いがたい力でこちらを誘った。しかし、ただでさえ自分は既にいくつもの罪を犯しているのに、もうこれ以上は穢れたくなどなかった。

「ん……ぁあッ……待って、待ってください、エセルバート様……！」

「待ちません……受け取りなさい」

「……！」

いくら男女のことに疎いフェリシアでも、彼が何をしようとしているのかは分かった。ただの遊びでその一線を越えてしまえば、大変なことになる。腹の中に精を受けてしまえば妊娠の危険性は一気に増し、万が一実を結ぶようなことがあれば、どうすればいいのか。

「嫌……駄目っ、それはいけません」

「黙れ……っ」

「お願い……許して……っ」

「貴女も、私を許さなければいい」

冷酷な言葉を合図にエセルバートは息を詰めた。その瞬間、胎内でドクリと熱いものが弾ける。彼の昂ぶりでも届かなかった最奥の更に奥へと注がれる白濁に、フェリシアは眼を見開いた。

「……ぁ……そ、んな……」

けれど、絶望はそれだけではない。本当に最悪なのは、背徳的なこの行為が、堪らなく気持ちがいいという事実だ。断続的に吐き出される熱液を、フェリシアの身体は大喜びで飲みくだしてゆく。もっとと強請《ねだ》るように内側は蠕動《ぜんどう》し、引いてゆく快楽を最後の一滴まで味わい尽くそうとしていた。

「ぁ……あ……」

「……は……」

ずるりと抜き出される感覚にさえ身を震わせるフェリシアへ、エセルバートは凍てついた眼差しを投げかけた。そうして、満足そうに唇を歪める。

「ああ……すっかり汚れてしまいましたね」

白と赤、二色の混じり合う体液を見下ろして、彼はグチャグチャに濡れ乱れたフェリシアの秘裂へと指を這わせた。罪の証である滴を掬い上げ、それを自身の口へと運ぶ。見せつけるように舌で舐めとり、そのままフェリシアの口腔へも同じ指を押し込んできた。

「いかがです？　穢された味は？　これでもう、貴女は無垢な処女ではない」

「……酷い……」

枯れてしまうほど流れ出たはずの涙なのに、まだ残りがあったらしい。フェリシアは嗚《お》咽《えつ》を噛み殺し、瞳を伏せた。

「今夜はもう遅い。どうぞ泊まっていってください。明日、屋敷まで送り届けてあげましょう」

その言葉だけを聞いたのなら、幼い頃から慈しんでくれた大好きな『エセルバートお兄様』のものと何も変わってはいなかった。だが、そんな人はもうどこにもいないのだ。ここにいるのは、残酷な支配者。大切なものを失った腹いせに、フェリシアを虐げる絶対的な強者しかいない。

「夜が明けるにはまだ早い。ですから、もっと楽しみましょう？」

再びフェリシアの太腿を持ち上げ、エセルバートは視線を絡め合わせたまま脚へと口づけた。そのまま這わせた舌が、痛む場所に辿りつく。ビクリと身を強張らせれば、強く吸いつかれた肌に赤い花が咲いていた。

フェリシアにとっての夜明けは、きっともう訪れない。

4　箱の中の遊戯

「——申し訳ありませんでした」

　深々と頭をさげたアレンは、そのまま動こうとはしなかった。忌々しそうにそれを見つめていたフェリシアの父親は、アレンの横で同じように頭をさげるリースリアに視線をやり、深い溜め息を吐く。

「……とりあえず、二人とも座りなさい」

　アシュトン子爵家の応接室には今、六人の人間が顔を突き合わせていた。人払いされているため、使用人はいない。定位置である一人掛けのソファに身を預けた父、その左角の椅子にフェリシアが座り、少し離れて腰かける壮年の男性はオルブライト公爵の代理である男性。向かいのソファにアレンとリースリアが並び、更に机を挟んだ父の向かいにはエセルバートが一人悠然と腰かけていた。

手を取り合って駆け落ちを果たした二人が見つかったのは、王都から少し離れた場所にある港町だった。そこから出る船を乗り継いで、国外へと渡るつもりだったらしい。

どこか甘いところのあるアレンと、深窓の令嬢であるリースリアが、グランヴィル伯爵家の捜査網とオルブライト公爵家の権力から逃れられるわけもない。逃亡から僅か十日足らずで、二人の足取りは押さえられてしまった。発見された当時、彼らは粗末な服で身分を隠し、小さな宿で夫婦と偽り身を寄せ合っていたという。

「お前は、救いようのない愚か者だ……っ、本当ならば、顔も見たくない。エセルバート様の温情でここにいられるということを決して忘れるんじゃないぞ」

同席しているエセルバートに気まずげな視線をちらりと送り、アレンは俯いた。そんな彼に寄り添うのは、真っ白な肌に輝く金の髪と魅惑的な青い瞳を持った美しいリースリアだった。少し顔色は悪いが、話に聞いていたほど病弱には見えない。いや、恋を知って、強くなったのかもしれない。

初めて彼女と対峙《たいじ》したフェリシアは、そんな印象を抱いた。

見かけは弱々しく儚いけれど、その瞳には固い決意が滲んでいる。それは、そっと重ねられたアレンとリースリアの手からも伝わってきた。決して離れまいとする恋人たちを前に、フェリシアの胸からは赤い血が流れ出す。息苦しくて、僅かに背を震わせた。

「……エセルバート……本当に、お前にはいくら謝っても足りない……」

「アレン、いくら頭をさげていただいたところで、問題は解決しません。それよりも、今後どうすればいいのか対策を考えましょう」

年上の親友の謝罪を撥《は》ねのけて、エセルバートはゆったりと脚を組み替えた。その表情は穏やかでさえある。怒りも、悲哀も浮かんではいない。ただどこまでも凪《な》いでいて、それが逆にフェリシアは恐ろしかった。

彼が優しいだけの男性でないことは、自分自身が誰よりも知っている。あの雨の夜、嫌というほど刻み込まれた劣情が、重く心に伸しかかっていた。夜が明けるまで何度も苛まれて、後半は全く記憶にない。ただ気怠《けだる》さと痛みの残る身体を引きずって、逃げるようにグランヴィル伯爵家を後にした。

夢ならばいいのにという期待は砕かれ、あの日からフェリシアは彼の玩具だ。専用の売春婦と言い換えてもいい。そこに金銭のやり取りがないだけで、実情は何も変わらない。エセルバートが望むとき、いつでもどこでも身体を開く。拒むことは許されない。それがどれだけ屈辱的で卑猥な要求でも、呑まねばならなかった。あれから何度、彼の白濁を注がれたのだろう。何度懇願してもエセルバートはフェリシアの中で吐精した。

いつまで、この絶望的な遊戯が続くのかは分からない。考えるだけで恐ろしくて叫び出したくなる。けれど、その取引と犠牲の上に、今日の機会を用意してもらえたのだ。

現在、『家に戻されるくらいならば死を選ぶ』と宣言したリースリアは、オルブライト公爵家と絶縁状態にあるという。父親である公爵は、従順だった末娘の初めての反抗に手をこまねいているらしい。アレンは謹慎となり、アシュトン子爵家で父の監視のもと軟禁状態にある。そして、行き場のないリースリアもここへ転がり込んでいた。

そして本日、心労から寝込んでしまったオルブライト公爵を除く当事者同士の話し合いがもたれることとなったのだ。

「私は主の代理としてここに参りました。報告のために同席させていただきます」

頭をさげたのは、銀の髪を後ろに撫でつけ口ひげを生やした公爵家の家令だった。体調を崩した主に代わり、急遽この場へ足を運んだと説明する。

「我が主は勘当だなどと申しておりますが、お嬢様が戻られるとおっしゃれば全て水に流されるでしょう。幸い、社交界にも噂はほとんど広がっておりません。リースリア様は療養でご友人のもとに行っているということになっております。全て、エセルバート様の手腕によるものです。その点に主は深く感謝しており、そちらの意向に従うと申しております」

一気に澱みなく述べると、家令は言うべきことは全て吐き出したと沈黙した。それにより、この場の主導権はエセルバートに委ねられたのが明確になる。

「皆、迷惑をかけて本当にすまない。だが、何を失ってもリースリアと一緒にいたかったんだ……」

「アレン様……」

見つめ合う二人は、痛々しいまでに純粋だった。そしてあまりにも無知だった。痛ましいものを見る気持ちで、フェリシアは眼を逸らす。これ以上、同じ部屋にいるのが辛い。眼前で繰り広げられる恋人たちの語らいは、それがどれだけたどたどしいものだとしても、苦いものしか生まなかった。羨ましいという気持ちを、どうしても捨てきれないからだ。

今までならば、アレンの隣にいる女性はフェリシアだった。誰よりも近くで身を寄せるのは、自分の特権でもあったはずだ。それなのに中央に置かれた机が、そのまま二人を隔てる距離になる。もうあの眼差しも手も、フェリシアだけのものではない。リースリアへ注がれる何もかもが妬ましかった。

「自分の兄や姪がどうなっても構わなかったと？」

冷ややかなエセルバートの追及にアレンは言葉を詰まらせ、一層顔色をなくす。

「そ、れは……」

「貴方の言っていることは、そういうことですよ。この件でアシュトン子爵は窮地に立たされかねないし、フェリシア様だって醜聞を避けられない」

あらゆる意味で善良なアレンには、周りが見えていなかったのかもしれない。おそらくは、恋に浮かれて冷静な判断力など失われていたのだろう。そうだと、フェリシアは思いたかった。叔父が、何もかも承知の上で自分たちを切り捨てたのだとは考えたくはない。

現状を遮断したくて、俯き、握り締めた自分の拳だけを見つめていた。微かに震えるそれを抑えようと、尚強く手の平へ爪を喰い込ませる。痛みで気が逸れるならば、むしろそう願いたい。そうしていつかは、何も感じられなくなればいいのに。

「私はどうなっても構わない……どんな償いでもする。身ぐるみ剝がされて放り出されるのも仕方ないし、一生この国に戻るなと言うなら従う。でも、兄やフェリシアは……っ」

「それで済むとお思いですか？　万が一、今回のことが露見すれば、リースリア様の評判は地に堕ちます。それが未婚の貴族令嬢にとってどれだけの痛手か、分からない貴方ではないでしょう。当然、オルブライト公爵家の怒りを買いますよ。それから、言いたくはありませんが私もそれなりに傷を負います。こちらに関しては、私自身というよりも父を納得させる方が大変だ」

　淡々と並べられる事実に、室内の空気は重たくなった。改めて並べ立てられると、事の重大さに眩暈《めまい》がしそうになってしまう。結婚後であれば、火遊びも一つのステータスと捉えられるけれど、結婚前となれば、話は大きく変わってくる。口さがない者たちにかかれば今回の騒動は『グランヴィル伯爵家の嫡子が親友に婚約者を寝取られた』『オルブライト公爵家の掌中の珠が爵位も持たない男に穢された』という甘い蜜の香り漂う、かっこうの娯楽話なのだから。

　全員がじっと黙り込んだ中、リースリアだけが青褪めた顔を毅然とあげた。

「悪いのは、全て私です。父にも私から話しましょう。けれどエセルバート様、申し訳ありません。どういう結果になったとしても、私は……貴方とは結婚することはできません」

きっぱりと告げられた声は決して大きなものではなかったが、明瞭にその場へ響き渡った。吹けば飛んでしまいそうな風情を漂わせたリースリアは、全身を慄かせながらも、エセルバートから眼差しを逸らそうとはしない。

「身分など、関係ないのです。私は、この方を愛してしまった……。お怒りは、どうぞ私にぶつけてください。アレン様を責めないでください」

「リースリア、君は何も悪くない！　私が……っ」

「もう……もう、やめてください……！」

思わず叫んだフェリシアの言葉に、室内の時間は止まった。全員の視線が集中する。普段物静かなフェリシアの大声に驚いているのは父だけではない。アレンもポカンと口を開いたまま固まっている。オルブライト公爵家の家令も、リースリアも、それまでずっと無言のまま存在感なく座っていた娘が、突然声を荒らげたことに驚愕しているのだろう。

そしてエセルバートだけが冷めた青紫色の瞳を眇めていた。

「――ええ、彼女の言う通りです。不毛な庇い合いはやめましょう。時間の無駄です。私が本日この場を設けたのは、誰に責任があるかを追求し、糾弾するためではない。貴方たちの本心と覚悟をお伺いしたかったからです」

誰も口をつけないお茶が冷めてゆく。それを交換しようと提案することもできない空気が、重く澱《よど》んでいた。その中で、エセルバートだけが動くことを許されたように、滑らかに語り出す。

「お二人の決心はよく分かりました。私も、想い合う恋人たちを引き裂くような無粋な真似をするつもりはありません。幸い、私とリースリア様の婚約は正式発表される前です。致命傷となる前に手を打つことができるでしょう。こうなったからには、一日も早く貴方たちは結婚すべきだ。そして噂好きなご婦人には世紀の純愛だとでも囀《さえず》っていただこう。女性はそういう物語が大好きですからね。コレット伯爵未亡人にでも中心になってもらい、ドラマティックな恋愛話に仕立て上げ流布すれば、いずれはそちらが真実になる。例えば……貴方たちは以前から将来を誓い合った仲だった。けれども身分差で悩み踏み切れないでいたところを、私が隠れ蓑《みの》になって後押しをした――とかね。勿論この件で我々の足を引っ張ろうとする輩はいるだろうが、表立ってオルブライト公爵家とグランヴィル伯爵家に牙を剝く愚か者はいないでしょう」

きっと、全てがそう簡単には解決しないことくらいは、世情に疎いフェリシアにだって分かる。だが、エセルバートが言うと、何も心配はいらないのではないかと思えるから不思議だ。彼ならば、本当に何事もなく収めてしまいそうな気がする。

「――僭越《せんえつ》ながら、我が主がお嬢様を爵位のない方へ嫁がせることはないと思いますが」

　控えめに口を開いたオルブライト公爵家の家令が、立ちはだかる身分の壁を思い出させた。王家に最も近い公爵家の娘が、貴族でもない男と一緒になるなどあり得ない。尤《もっと》もな意見に、アレンが喉奥で呻いた。

「その件でしたら、アレンにはコレット伯爵家の養子になってもらうというのはいかがでしょうか。あそこには現在後継ぎがおりませんし、もう夫人に打診はしてあります。先方は大層乗り気ですよ」

　上手くいけば公爵家と縁続きになれる上、夫に先立たれてから孤独を深め、夜会で憂さを晴らしている方だ。方々に恩を売ることもできる。更には大好きな噂話の中心的な人物になれるとあっては、その案に喜んで飛びついただろう。

「どうでしょう？　何もかも、丸く収まると思うのですが」

「そんな……私に都合がよすぎる取引じゃないか……エセルバート、君は私を恨んでいないのか……？」

　半ば呆然としたアレンが、瞳を泳がせる。隣に座るリースリアも、理解できないとばかりに頭を振った。

「恨み……というよりは、貴方が何も私に相談してくれなかったという衝撃の方が強かったですね。もっと早くに本音を打ち明けてくれればと思いました。私たちは親友でしょう？　それに、いい加減一人で会社を回すのも大変なんです。早く戻っていただかないと」

「……!?　また、一緒に働かせてもらえるのか……？」

今度こそ、信じられないとアレンが愕然とした顔になる。罪に問わないどころか今まで通り、いやそれよりも好条件を提示され、頭が追いつかないらしい。

「勿論です。あの会社は私たち二人が立ち上げたものではないですか。貴方はそれさえも放り出すつもりだったのですか？」

「……だって、もう二度と……お前の前に立つことは叶わないだろうと……」

涙ぐむアレンにエセルバートは柔らかな微笑みを浮かべた。まるであらゆるものへ慈愛と許しを与える神の愛し子のように。

「ただし、オルブライト公爵様はきちんとお二人で説得なさってくださいね。私も口添えはしますけど、最終的には自分たちの力で幸せは摑み取ってください」

「あ、ああ！　勿論だとも！　これからはリースリアのことは私が守る！」

「ありがとうございます……エセルバート様……」

まるで最初から描かれた脚本通りに話が進んでいるようだとフェリシアは思った。実際、そうなのだろう。誰もが、エセルバートに操られ、誘導されるままに役割を演じている。全て、彼が望むままに。

困惑を露わにした父でさえ、安堵を隠しきれていない。これ以上はないという決着に肩の荷をおろした気持ちでいるに違いない。

その根底には、娘の犠牲があるとも知らず――

「では早速、そのように動き出しましょう。一日でも早い方がいい。――ああ、フェリシア様も手伝ってくださいますよね？」

華やかで美しい笑みがこちらへ向けられた。その瞬間、フェリシアは蛇《へび》に睨《にら》まれた蛙《かえる》のように身を強張らせる。

「フェリシアが手伝う？　いったい何をしてもらうんだ？」

首を傾げたアレンへ、エセルバートは優雅に振り返った。

「貴方が身を隠してから、仕事が本当に忙しくてね。色々手が回らないことが増えまして。それで書類の整理などの雑用を助けてもらっていたのですよ。秘書に頼むには、私的なものもありますし」

「……？　そうなのか。でも、私のせいなら悪かった。フェリシアも頑張ってくれていたんだな、ありがとう」

贈られた感謝に何を返せばいいのか分からず、曖昧《あいまい》に口角をあげた。フェリシアに、仕事の手伝いなどできるはずもない。求められていたのは、怒りと欲望の捌《は》け口としての役割だけだ。

仕事に勤しむべき場所で行われた数々の淫らな行為を思い出し、カァッと身体が熱くなる。すっかり慣らされてしまった下腹部が不本意にも潤むのを感じた。

「……私なんて、何も」

それでも、アレンに褒められて喜ぶ気持ちが抑えられない。自分でも愚かであさましいと思うが、どうしようもなかった。

「――では、私はこれで失礼します。アレン、仕事はあと十日間休暇扱いにしておきます。その間にある程度の形を整えてください。私にできる手助けがあれば何なりと。――さて行きましょうか、フェリシア様」

「……はい」

凍りついていた足が、エセルバートのエスコートで促された。嫌だと叫びたい本心を抑え付け、支配者に従う。彼はフェリシアとの約束通りにアレンを助けてくれた。アシュトン子爵家も守られて、文句を言う方がどうかしている。

取引は、同等の対価を差し出してこそ成立するものだ。むしろ今回、フェリシアの支払ったものでつり合いが取れているとは到底思えない。誰がどう考えても、エセルバートにとっての利益は薄いだろう。だから、これは彼の温情なのだとフェリシアは己に言い聞かせた。

背中に添えられたエセルバートの手が火傷しそうに熱いのに、心も身体も凍えるほどに冷えている。

せめてもの矜持《きょうじ》で、背筋を伸ばし前を向いた。この契約は誰にも知られてはならない。

特にアレンにだけは。フェリシアが口を閉ざしてさえいれば、きっと彼らは以前と同じ友人関係に戻れるだろう。親友として冗談を言い合い、気を許した仲間に。

成就することのない恋情を腐らせるしかないフェリシアにとっては、もうそれだけが望みだった。絶対に傷つけたくない叔父を守るためならば、自分はどう扱われても構わない。踏み出す足の先には、奈落が広がっていようとも。

「これで満足ですか？」

広くはない馬車の中、向かい合って座るエセルバートは不愉快な様子を隠そうともしていなかった。つい先刻までアシュトン子爵家の応接間で浮かべていた微笑は消え去り、今は冷ややかな眼差しでフェリシアを見つめている。

「ありがとうございます……」

「不満そうですね。もしかして、アレンとリースリア様を私が別れさせる結末を望んでいたのですか？」

「そんな……！」

否定しようと頭を振ったが、本当に違うだろうかとフェリシアは口ごもる。

昔と同じ状態に戻れることを望んでいた。彼らの間に何の憂いもなく、家族として、友人として過ごしてゆけることを。それはつまり、闖入者《ちんにゅう》であるリースリアを排除したいと願っていたのではないだろうか。最初の予定通り、彼女がエセルバートと結婚し、叔父の前から消えてくれることを期待していなかったと、胸を張って言えるだろうか。

フェリシアは覗き込んでしまった自分の闇の深さに慄然《りつぜん》とした。

今日まで、清く正しく生きてきたつもりだ。人様に顔向けできない後ろ暗いことなどしてこなかった。だが、自分の根本には、こんなにも汚い本音が隠れていた。その事実に気が遠くなるほどのショックを受け、唇が震える。

「私は……」

「――貴女は、嫌になるほど純粋だな」

「え」

吐き捨てられた言葉を聞き返す前に、腕を取られて引き寄せられていた。狭い馬車の中で、向かい合っていたはずが抱き締められている。それも、彼の膝の上で。

「何を……！」

「貴女も手伝ってくれるのでしょう？　それなら、仕事に支障が出ないように私の心痛を癒やしてください。貴女にできることは、それしかないのだから」

「……！」

エセルバートの辛辣な物言いに視界が滲んだ。今更この程度の言葉で傷つくなど、どうかしている。それでも、悲しかった。幸せそうなアレンとリースリアを見てしまったから、尚更胸が軋んだ。

「……何を、すれば」

「私が楽しめることを。少しは自分で考えてみてくれませんか。いつもいつもこちらの命令に諾々と従われているだけでは味気《あじけ》ない」

そう言われても、何をすればいいのかなどフェリシアには分からなかった。圧倒的に経験が少なすぎる。社交界の貴婦人たちのように遊びに長けていれば、エセルバートを悦ばせる方法も身につけているだろう。けれど、フェリシアの知るものは全て、彼から与えられた知識だけだ。それも、いつも快楽に乱されるのはこちらの方。エセルバートが満足しているのかどうかさえ、判然としなかった。

困りきって、恐る恐る彼の下肢へと手を伸ばした。いつだったか、男性は奉仕されるのを好むと、艶話に興じる婦人方から小耳に挟んだ気がする。だが、エセルバートのそこへ触れる直前、フェリシアの手首は掴まれていた。

「大胆ですね。どこでそんなことを習ったのですか？　別の男にでも教えてもらいましたか？」

青い焔を揺らめかせた双眸が、射殺さんばかりの強さでこちらを睨みつけている。どうやら自分は間違えてしまったらしい。彼を楽しませるどころか、怒りを煽ってしまうとは。エセルバートの放つ怒気に怯えつつ、フェリシアは慌てて手を引っ込めた。

「ち、違います。こんなこと……他の誰にもしたことはありません。どうすればいいのか分からなくて、私……」

必死で絞り出した苦肉の策も封じられ、ますます何も思いつかない。彼が何を望んでいるかなど見当もつかないのだから、どうして彼の機嫌が悪くなったのかなど一層わけが分からなかった。

「……ふん、確かに貴女は何も知らない処女だった。そのせいで、こんな男の毒牙にかかってしまったのですから」

呟きに顔をあげた瞬間、今度は後ろへ押し返されていた。再び向かい合って座る体勢になる。

「あの……」

「下着を脱いでください」

「……!?」

もうすぐ、グランヴィル伯爵家に到着してしまう。それなのに、こんな場所で……と思考は停止した。

「服やコルセットはそのままで結構です。靴下や靴も履いたままで。ドロワーズだけ脱いでください」

「で、でも」

「服はそのままでいいと言っているでしょう？　急に扉を開けられたとしても、貴女がどんな卑猥な格好をしているかなど誰にも分かりませんよ。——君が淫らな顔を晒さない限りはね」

気怠げに掻き上げられた前髪の奥から、鋭い視線が投げかけられた。逆らうことは許されない遊戯が始まったのだと、フェリシアは己の身体を抱き締める。捕らえられた瞳は、瞬きさえままならなかった。

「早くしないと、要求を変えますよ。貴女にとって、もっと難しいものに」

「ぬ、脱ぎます。だからどうか向こうを向いていてください……っ」

恥ずかしくて顔から火を噴きそうだ。涙声で告げれば、エセルバートは鼻で嗤った。

「今更、何を。貴女の身体ならば、もう全て見ています。それに、これは私を楽しませるための遊びでしょう？　だったら、見るなと言うのはおかしい」

伸ばされた長い指先が、フェリシアの胸元で結ばれたリボンを弄る。モスグリーンの繊細なレース紐が僅かに引かれ、慌てて背中を後ろに押し付け距離を取った。

「分かりました。だから……」

無理やり脱がされては堪らない。万が一、屋敷へ到着したときに乱れた状態では、使用人たちの間に噂が広まってしまう。そうなれば、父や叔父の耳に届く可能性がある。

フェリシアは震える手をスカートの中へと忍ばせた。

「いやらしい眺めですね」

たっぷりとしたドレープで隠された下肢は、エセルバートからはほとんど見えないだろう。前かがみになり、少しでも晒される肌を減らそうとできる限り身を縮こまらせる。だが、密室に二人きりで閉じ込められ、彼の視線を遮れるわけもない。じっと注がれる視線の熱さに頭が沸騰した。

少しずつおろされてゆくドロワーズの布地が肌を擽り、ぞくぞくと愉悦が走る。こんなことは嫌だと確かに思っているのに、呼吸が荒くなるのは何故なのか。漏らされた吐息に含まれるのは、恐れと期待だ。相反する感情に整理がつけられない。それ以前に、霞みがかった頭は、フェリシアを裏切って考えることを放棄していた。

「……では、今度は膝を立てて」

足から完全に抜き取られた下着は、エセルバートの手に渡った。これでもう、フェリシアがドレスの下に身につけているのは、ガーターとストッキング、それから靴だけだ。普通にしていれば、誰もそんな淫猥なことが展開されているとは予想さえしないだろう。だが、ドレスの裾を捲られてしまえば一巻の終わりだ。

「それは……」

「早く終わらせなければ、屋敷に到着してしまいますよ」

彼を満足させせなければ、ドロワーズは返してもらえない。それどころか、もっと酷いことを要求されるかもしれない。そう思い至って、フェリシアは言われた通りに狭い座席の上で膝を立てた。ただし、ドレスの裾をしっかりと巻き込み、恥ずかしい場所を隠して。

「お言いつけ通りにいたしました。ですから、それを返してください……！」

こうしているだけでも、スースーする下半身が心許ない。屋外で下着を穿《は》いていないということが、こんなにも人を不安にさせるものだとは知らなかった。

涙ぐみながらエセルバートを見遣れば、嗜虐《しぎゃく》的な笑みを滲ませた彼が馬車窓のカーテンを引き、御者台への小窓もパタリと閉じた。

「ではスカートを捲り、脚を開いて」

「え……」

いくらカーテンを閉じて光を遮っても、まだ日は明るい。そんな中で自らふしだらな姿勢をとるなど、できるわけがない。

「そんなこと……嫌ですっ」

「君は選べる立場だったかな。それとも今日のことに対して、私に礼をするつもりもないのですか？　今から、全てをご破算にしても構いませんよ。けれど人は、一度希望を与えられてからそれを奪われるのが何よりも辛い。アレンも、輝く未来の可能性を指し示された後に断ち切られては、きっとより絶望が深いでしょうね」

「……っ」

心底安堵していた叔父の顔を思い出し、背筋が凍った。愛しい人と大切な親友、そして家族もなくさずに済んだと歓喜に輝いていたアレンのことを。

「どうしますか？　フェリシア、貴女が選べばいい」

さも選択肢があるかのように語りながら、その実フェリシアに選べる道は一つしかない。

乱れる息を押し殺し、ドレスを押さえていた手から力を抜いた。ふわりと落ちた裾はそのままに、足を覆っている布を小刻みに震える指でたくし上げてゆく。膝はぴったりと閉じたまま、斜めに流した両足で付け根を隠そうと頑張った。

「駄目ですよ。ちゃんと膝を立てて。――――そう、そして大きく開きなさい」

「そんなことをしたら……っ」

力のこめられた太腿が痙攣しそうなほどに固まっている。嫌な汗がフェリシアの肌を湿らせ、血の巡る音が耳鳴りのように鳴り響いた。

「貴女はこんな場所で触れられたくはないのでしょう？　だから、お望み通り私からは指一本触れません。自分で広げてみせてご覧なさい。それを、今日の対価にしましょうか」

まるで、何でもないことのように提示される取引内容に気が遠くなる。幼い頃共に食事をしたときに、嫌いな人参が食べられず、けれども残すことも憚《はばか》られたフェリシアへ、『私は実は魚が苦手なのです。その人参と交換してもらえませんか？』と囁いてくれたときと同じ。優しく蕩《とろ》けるような笑みを浮かべながら、吐かれる言葉の落差に泣きたくなってしまう。

「じ、自分で……？」

脚を開くだけでも無理なのに、それ以上の要求は頭が理解を拒絶した。眼を丸くしたまま首を傾げたフェリシアに、エセルバートが眼差しを鋭くする。

「分からない振りをしているのでもないのか。……たちが悪いな」

何かしら彼の癇《かん》に障ってしまったのだけは伝わってきて、フェリシアは慌てて膝を緩めた。それでも、せめてものあがきで身体を丸める。奥行きのない座席の上では転がり落ちそうになったが、壁に右肩を預けることで、何とか体勢を保った。

「……もっと」

燃え上がりそうなほどに上気した頬を両手で押さえ、見られているという現実を、自身が眼を閉じることで否定する。支配者の命令に従うことを刻み込まれた従順な身体は、ほんの僅か、爪先を左右に滑らせた。

「聞こえなかったのですか？　もっと開きなさいと言ったのですよ」

エセルバートの声に苛立ちは含まれていない。むしろ愉悦を滲ませ、今にも喉を震わして笑い出しそうな楽しげな様子を感じた。

「も、もう……これ以上はっ」

「貴女が言う通りにしないから、よく見えません。カーテンを開けてしまいましょうか？」

「それはやめてくださいっ！」

覗かれる可能性は低いだろうが、そんな卑猥なことは想像しただけで眩暈がする。馬車という仮初めの密室で行われる遊戯を一刻も早く終わらせるには、もうエセルバートの言う通りにするしかないと、フェリシアは覚悟を決めた。

「……ちゃんと、しますから」

座席の縁に乗せていた踵を、ゆっくり開いてゆく。途中、何度も止まりながら、それでも確実に両脚の距離は離れていった。向かい側に座る彼からは全てが丸見えに違いない。隠すことも許されず、はしたなく淫らな園を自分から晒してゆけば、全身の血が沸騰してしまいそうだった。

「……触られてもいないのに、濡らしていたのですか？」

「違……っ！」

下腹部に溜まる熱が、蕩け出している。指摘されて初めて、脚の付け根に感じる滑る違和感に気がついた。外気に晒された場所がジンジンと疼き、熱が凝ってゆく。己の淫奔《いんぽん》な本性を知られた心地で、フェリシアは膝を閉じかけた。

「誰がやめていいと言いました？　罰として、自分で確認してご覧なさい」

「……え？」

「違うと言いかけたでしょう。見られているだけで濡らしていないと主張するなら、自分で触って証明するしかないのでは？」

　無茶苦茶な論理だと思うのに、煮え滾ってしまった思考は反論を捻り出してくれない。はくはくと唇を開閉するしかないフェリシアに更なる悪魔の囁きが落とされた。

「できますよね？　フェリシア。――――アレンのためなら」

　その台詞で、今、何故自分がここにいるのかを思い出した。皮肉にも、エヤルバートの圧倒的な存在感にあてられ、すっかり叔父のことは忘れてしまっていたらしい。どうしてこんな目にあっているのか、目的を忘却するなどどうかしている。与えられる刺激が強すぎて、すっかり脳が麻痺してしまった。

「は、い――――」

　一瞬、思い描いたアレンを打ち消し、フェリシアは自分の脚の間に手を伸ばした。大好きな叔父を想っていては、とてもこんな淫らな真似はできない。彼にとっては、自分はどこまでも可愛い妹であり家族なのだ。まさか既に純潔を失い、恋人でもない男に身体を許しているなどとは考えもしないだろう。ましてや、その行為に慣れ始めているなんて。

　フェリシアの細い指はすっかり冷え切っていた。熱く潤んだ花弁に触れた刹那、ビクリと身体が強張る。そこは、間違いなく甘蜜を湛えていた。

「嘘……」

　ヌルリと滑った中指に愕然とする。薄々勘づいていていても、事実を突きつけられるのとは話が別だ。

いつの間に、これほど淫乱な身体になってしまったのだろう。ひょっとして、最初からこんなふしだらな女だったのか。ただ、あまりにも異性と接する機会がなく、知らなかっただけで。思い至った可能性に震えが止まらなくなった。どんどん作り替えられてゆく自分が怖い。怒濤《どとう》のように流されて、もう元の岸部はどこにも見えない。

「こんなの嘘よ……」

滲む視界にひどく美しい男が映った。彼は熱い吐息を漏らして、少しだけ自らの首元を緩める。その仕草が妙に官能的で、フェリシアの中で騒めくものがあった。

「嘘つきは、貴女の方だ」

動揺して遠ざけてしまった指先をエセルバートに視線で咎められ、フェリシアはもう一度秘裂へと這わせてゆく。大きく開脚したことで開かれてしまった場所が、所在なげに震えていた。内腿の肌は粟立ち、ずり落ちそうな尻にも疼きが感染する。

視線にも温度があるのだと実感せずにはいられなかった。見つめられているところが熱くて仕方ない。エセルバートが今どこを見ているのか、確かめなくても分かってしまった。

フェリシアのきつく閉じられた目蓋、羞恥で赤らむ肌。浮かぶ汗や震える腕。靴を履いたままの爪先。そして白い指先で開かれた赤い花弁。

「……見ないで……っ」

絞り出した声は、弱々しく掠れていた。涙交じりの懇願には無言が返される。そうなれば、やめることもできずにフェリシアは同じ体勢のまま顔を伏せ続けた。

「ああ、甘そうな雫が溢れてきました」

忍び笑いで耳から犯される。実際には指でも、舌でも、彼は宣言通り触れてはこない。ひたすら視線と言葉で凌辱されている。けれど、それだけで心は屈服してしまった。この状況を打破し救ってくれるのはエセルバートだけだと、勝手に勘違いしてしまう。黙って従っていればいいのだと、いつも楽な方へ流されるフェリシアの悪癖が頭を覗かせた。

「貴女が一番好きなところを弄ってみるといい」

「好きな……？」

「そう。私に嬲られて、善がり狂うところがあるでしょう？」

それでは自らの弱点を曝け出すようなものだ。だがそんな冷静な判断力など欠片もフェリシアには残っていなかった。甘く爛《ただ》れた期待に浸食された肉体は、素直に敏感な芽へと触手を伸ばす。既に膨らみ充血したそこは、微かに突かれただけで痺れるような快楽を与えてくれた。

「……ふぅ……っ」

「ああ、本当に貴女はそこがお気に入りのようですね。いやらしい顔をして……ご自分がどんな表情をしているか知らないでしょう？　清廉で潔白な貴女は、きっと考えたこともないに違いない」

　どうしてか詰《なじ》られて、フェリシアは瞳を瞬かせた。そしてじっとエセルバートを見つめる。

　何もかも、言われた通りに従っているのに、何故彼はこんなにも苛立っているのだろう。自分が上手くできていないからか。それとも、やはり取引材料として物足りないと感じているからか。だったら、もっと努力しなければならないかもしれない。

　フェリシアにとっては、自らを慰めるよりもエセルバートに奉仕した方がずっと気持ちが楽だ。その方が流されるまま仕方ないと言い訳ができる。けれど、そんな逃げ腰では彼は満足してくれない。おそらく、もっとフェリシアが苦しみ悩む姿を楽しみたいのかもしれない。だから、一番嫌だと感じることを、的確に要求してくる。

　――怖い人……でも、そうせずにはいられないほど傷つかれているんだわ……

　信じていた相手に裏切られた傷が、胸に痛すぎるのだ。誇り高い彼が、一人では消化できないほどに。

「今度は、指を中に入れてみなさい。ちゃんと内側でも達せられるようになってもらわないと、私の楽しみも半減したままですから」

「い、いくら何でもそれは……」

　触れるだけならまだギリギリ許される。排泄や身体を清めるときにだってそこへ触れないわけにはいかないからだ。けれど、内側へ自分の指を差し込むとなればそうはいかない。

神の教えに背くことになる。子をなすことを目的とせず、快楽だけを目的とした自慰行為は禁忌のものとされ、忌むべき堕落とされていた。

「……拒むのですか？」

低い声に、フェリシアの喉が小さく鳴った。

脅されているにしても、生まれたときから受けている教えとエセルバートの言葉では、どちらに従うべきかなどはっきりしている。『常識』の天秤が傾くことはない。既にいくつもの罪を重ねているフェリシアだが、それはできないと猛然《もうぜん》と頭を振った。

「無理です、いけません。だって……」

「私に、逆らうと言うのですね」

「……ひっ」

身を竦ませた瞬間、大きく馬車が揺れた。座席の縁にかけていた踵が滑り、足が落ちる。たくし上げられていたスカートが舞い降りて、まるで何事もなかったかのようにフェリシアの下肢を覆い隠した。

「時間切れか」

「――到着いたしました」

外からかけられた御者の声に救われ、フェリシアは止まっていた息を吐き出した。どうやら、いつの間にかグランヴィル伯爵邸についたらしい。だが、ホッとしたのも束の間、まだ下着を返してもらえていないことを思い出した。

「……あっ……」

「これは、私の部屋でお返しします。ではフェリシア様、お手をどうぞ」

「そんな……」

先に馬車を降りたエセルバートが、優雅な仕草で手を差し出す。文句のつけようもない紳士然とした姿に、先ほどまでの危険な香りは微塵も感じられなかった。明るい日差しの下で見る彼は、どこまでも健やかな気配に満ちている。奥底に潜む獣の存在を知る者は、きっといない。

フェリシアは両の膝を擦り合わせるようにして踏鞴《たたら》を踏んだ。下半身は長い裾で隠されているのだから、誰もフェリシアがドロワーズを身につけていないことなど気がつくはずがないのに、馬車から数段の階段を下りることさえ躊躇われる。もしもよろめいてしまったら。無慈悲な風が吹いたら。嫌な妄想ばかりが逞しくなる。自然と内股になってしまうフェリシアの手を取ったエセルバートは、羞恥に染まる耳へ唇を寄せた。

「抱き上げて運んで差しあげましょうか？　お嬢様」

「け、結構です……！」

とんでもないことだと振り解こうとした手は、尚強く握り込まれていた。

5　青いハンカチ

グランヴィル伯爵家は、いつ訪れても喧騒《けんそう》からはかけ離れている。働いている人数は決して少なくないはずなのに、使用人の姿を眼にすることはあまりない。家令やハウスキーパーの上級職や御者など人前に出る職種はともかく、下級メイドたちなどはまるで人の眼には映らない存在であるかのように、ひっそりと息を凝らして仕事にあたっていた。

『父は階下の人々が視界に入るのを、よしとしませんからね』

ふと蘇った記憶の中で、フェリシアはエセルバートの言葉を思い出す。

対照的にアシュトン子爵家では、規模の大きさが違うせいもあるが、使用人との距離はさほど離れてはいない。昔眼を患っていた頃はともかく、今のフェリシアは庭師とも気軽にお喋りをするし、メイドたちは仲がよさそうに笑顔で掃除や洗濯をこなしている。だから、以前フェリシアはグランヴィル伯爵家の静けさを不思議に思って、エセルバートへ問いかけたことがあった。

『とても静かですね……まるで誰もいないみたい』

『父は貴族としての矜持《きょうじ》がとても高いから、彼らを自分と同じ空間に置くのは好ましくないと考えているようです……同じ人間なのにね』

悲しげに顔を伏せた彼は、いつか自分が爵位を継いだら変えてゆきたいのだと語っていた。あのとき、長い睫《まつげ》毛の作る陰影がとても綺麗《きれい》だったのを覚えている。

「――何を、考えているのですか？」

やや乱暴に置かれたグラスの音で、フェリシアは思考を断ち切られた。ハッとして顔をあげれば、ソファに腰かけたエセルバートが苦々しい表情を浮かべている。

彼専用の娯楽室には、沢山の書架が設置されていた。天井まで届く重厚な本棚には、溢れんばかりの書籍が整然と収められている。それでも圧迫感を覚えないのは、広い室内にゆったりと配置されているからかもしれない。

しかもこの部屋に置かれている本は厳選されたごく一部だ。古今東西から取り寄せられた膨大な図書は、屋敷内にある正式な図書室に大半が置かれている。

勉強熱心なエセルバートの趣味は読書。様々な知識の欠片がこの部屋に詰め込まれているのかと、幼かったかつてのフェリシアは興奮で打ち震えた。アレンにお願いして、ここへ連れてきてもらったのは一度や二度ではない。

『フェリシア様は実は好奇心旺盛《おうせい》なのですね。この本も面白いですよ。私が幼少の頃、夢中になって読み耽《ふけ》ったものです。どうぞ、よろしければ』

フェリシアの趣味も読書だと知ると、彼は次々にお勧めの本を貸してくれた。貴重な書物でも惜しげもなく。難しい言い回しや意味の分からない部分などは丁寧に説明してくれ、子供の世話など面倒だとは言わず、いつでも穏やかな笑みで対応してくれた。それを思い出して、フェリシアの胸は鋭く痛む。

「……いいえ、この部屋は懐かしいと思いまして……」

「上手い言い訳ですね。大方、どう逃げ出そうか思案していたのでしょうに」

琥珀色《こはくいろ》の液体が注がれた器を、エセルバートが呷った。一気に飲み干してしまうと、再び自らの手で並々と注ぐ。部屋の中央には、座り心地のよい長椅子とソファ、それからマホガニーの机が置かれている。奥まった場所には、ゲーム板や葉巻など、諸々のものが収められていた。そこに、様々な酒類も置かれていると知ったのは、今日が初めてだ。

「あの、昼間からそんなに飲まれては、お身体によくありません」

味わう様子もなく酒を喉へと流し込む彼に、フェリシアは思わず忠告していた。エセルバートが酔って醜態《しゅうたい》を晒すところなど見たこともないし、想像もできないが、こんな飲み方をする人ではなかったと思う。

「……心配をする振りですか？　そうやって優しさを振る舞って、勘違いさせようとでも考えているのですか。案外、策士なのですね」

「そんなつもりでは……」

本心からの言葉だったが、彼には煩わしいばかりだったらしい。忌々《いまいま》しそうに鼻で嗤《わら》われてしまうと、それ以上何も言えなくなってしまった。

「貴女も、飲めばいい」

「いえ、私は……」

お酒は特別好きでもないし、強くもない。それよりも気になるのは、未だ心許《こころもと》ない自らの下半身だ。ひょっとして、時間を稼がれているのだろうか。

「あの……そろそろアレを……返しては、いただけないでしょうか」

この部屋に連れ込まれてからしばらく経つが、エセルバートには一向に下着を返却してくれる様子がない。さっさと用意した酒を飲み始めてしまう始末だ。『ドロワーズ』という単語を口にしにくいフェリシアは俯いたまま膝を擦り合わせた。

「返す？　何か預かっていましたっけ」

とぼける彼が恨めしい。思わず上目遣いに睨《にら》みつければ、纏う空気を換えた彼が脚を組み替えていた。

「では先ほどの続きをしましょうか。さっきは時間切れになってしまったし、貴女は命令に逆らったから罰を与えないと」

「そんな……！」

あれはもう終わったのだと油断していた頭を殴りつけられた気分になる。甘えた心根を嘲笑《あざわら》うかのように、エセルバートはグラスを揺らした。

「決心がつかないのなら、アルコールの力でも借りてはどうですか？」

どこまでも冷酷で残酷な支配者。ガラスの中で揺らめく液体が香りを飛ばし、それだけで酩酊感《めいていかん》を覚える。

「……できませんっ……」

「あれも嫌、これも嫌。貴女は大人しく従順なようでいて、案外強情な面がある。昔から、こうと決めたら脇目も振らず突き進んでゆくような強さと危うさがありましたよ」

過去に思いを馳せる言葉には、柔らかなものが含まれていた。微かに和らいだ空気に励まされ、フェリシアは視線をあげる。眼前には静謐な黒い髪に、夜の始まりを思い起こさせる青紫の瞳。整った容貌と均整のとれた長い手足。どれもが美しく、そしてどこか寂しい。

何故そう感じるのかも分からないまま、逸らせない瞳をエセルバートへ向けていた。もしかしたら、彼の深い部分に触れられる気がして。

「……そんな眼で、見るな……っ」

だが、儚《はかな》い期待は一瞬で破られてしまった。テーブルを挟み座っていたエセルバートの腕に捕らえられ、強引に引き寄せられる。前のめりになった身体は机に乗り上げる形で拘束され、唇は乱暴に塞がれていた。

「ん、ぅ……っ」

頬を押さえられて閉じられなくなった歯の隙間から、彼の舌が捩《ね》じ込まれた。同時に生温い液体が流れ込んできて喉を焼く。ツンと鼻に抜ける香りでお酒だと気がついたときには、全て飲みくだしてしまった後だった。突然の熱さに驚いてもがけば、背筋がしなるほどの強さで抱き竦《すく》められる。髪を梳《す》かれ、ねっとりと舌先を擽られれば、自動的にフェリシアの身体からは力が抜けてしまった。

「たまには酒も悪くないでしょう？　これはアレンも好んで嗜む銘柄です」

「叔父様が……」

こんなときにあの人の名前を出して欲しくはない。フェリシアは噎《む》せながら、瞳が潤むのをとめられなかった。苦しいからではない。引き裂かれた胸の内が悲鳴をあげたからだ。けれども、俯きかけたフェリシアの顎を捉えたエセルバートは酷薄に唇を歪めた。

「――アレンの名を聞いただけで、顔つきが変わるのですね」

「な……っ」

横抱きにされ、急に高くなった目線に驚く間もなく、フェリシアは彼に運ばれた。向かう先は娯楽室から直接繋《つな》がるエセルバートの寝室。扉を開けば、隣の部屋の中央には一人で寝るには大きすぎるベッドが鎮座していた。

「きゃ……」

そこへ投げ出され、ふかふかのリネンに身体を受け止められる。その際、捲れ上がってしまったドレスの裾を、フェリシアは慌てて直した。

「まだ返す必要はないでしょう。これから当分、下着を穿く予定はないのだから」

「……！」

かぁっと赤くなった頬に、何度も唇を落とされた。真上から覆い被さる身体と寝台に挟まれて、身動きなどできない。それなのに、少しでも隙《すき》を見せればフェリシアが逃げ出すと思っているかのようにエセルバートは体重をかけてくる。息ができないほど苦しいわけではないが、圧迫感に慄いた。

たくし上げられたスカートから、自分の白い脚が覗いている。ふくらはぎから太腿まで曝け出され、白のガーターベルトまでが丸見えになっていた。先ほどまでの淫猥《いんわい》な行為を思い出し、はしたなくもフェリシアの奥がまた潤んでしまう。

「ああ。ちっとも乾いていませんね。むしろ先刻よりも甘い芳香が強くなっている。こんなに淫らに滴らせていては、御者に気づかれてしまったかもしれない」

「いや……！」

大きく脚を開かれて、しとどに濡れた花弁を至近距離で見られていた。さっきまでと違うのは、『触らない』という約束が覆されたことだ。ふ、と息を吹きかけられ、フェリシアの全身が粟立った。

「こんな刺激にもひくつかせて……そんなに、物足りなかったのですか」

「ち、違……」

まるでフェリシアがエセルバートに直接触られるのを心待ちにしていたように揶揄《からか》われて、断固否定しようとした。けれど、簡単に綻んでしまっている下肢が、そんな言葉を空々《そらぞら》しいものにする。フェリシアの心の内がどうであれ、肉体は大喜びで歓迎していた。

その証拠に、自分でもジンジンと下腹が疼いているのが分かる。立ち上がった乳首は未だ着こんだままの衣服に擦れ、痛いほどに存在を主張していた。こんなありさまでは、いくら違うと告げても、薄っぺらい誤魔化しにしかならない。

「どうして欲しいですか？　馬車の中で一番好きなところを弄れと言ったら、迷わずここに触れていましたよね」

「あ、んッ」

ツンと突かれた蕾《つぼみ》から快楽が突き抜けた。散々焦らされた後だからか、それだけで軽く達しそうになってしまう。絹のストッキングに包まれたままのフェリシアの足が、ビクリと空中を掻いた。

「真っ赤に膨れて、熟れているのが分かりますか？　すっかり頭を覗かせて、早く触れとせがまれているみたいだ」

「や……ぁ、あ」

充分にぬめりを纏ったエセルバートの指先が、敏感な芽を摘まみ上げ擦り合わせる。快楽を得るために発達したそこは、余すことなく甘い痺れをフェリシアに叩きつけた。ガクガクと身体が痙攣する。淫猥な水音が奏でられ、静まり返った室内に吸い込まれていった。

「だ、駄目……っ、そこは、おかしくなってしまいます……！」

まともに息も吸えないほど呼吸を乱して、うねる腰をとめられない。お互いに服はきちんと身につけたままなのに、耳に届くのは自分の喘ぎ声とヌチュヌチュという粘着質な水音。どこも着崩れていないエセルバートに至っては、髪さえも縺《もつ》れてはいなかった。

「好きなら、遠慮せずに味わえばいい」

「ひ、んっ」

高まる熱が汗となって噴き出してくる。きっちりと締めつけたコルセットが苦しい。もういっそ全て脱がせて欲しいとさえ思う自分は、既に狂ってしまっているのだろうか。

「貴女は、私から逃げられない。絶対に」

「……あッ、あ……ぁあ」

無慈悲な宣告の後に、大きく隆起したものが挿《はい》ってくる。先端だけは柔らかなそれは、何度も入口に擦りつけられ潤滑油を塗したおかげか、滑らかに侵入を果たす。

それでも押し広げられる瞬間は、いつも苦しい。だがすぐに、一番太い幹に擦られた内壁が引き伸ばされて、堪らない愉悦を生んだ。何度も硬いもので削られる度に、感度が鋭くなってゆく。

「……は……貴女の中は、すっかり私の形に馴染んだようだ」

「やめて……」

いやらしいことを囁かれていると頭の片隅で理解しても、それ以上の圧倒的な快楽の前には脆《もろ》くも崩れ去ってしまった。必死に掻き集めた理性や矜持は容易に蹴散らされ、弾けることしか考えられなくなる。口先だけの拒絶はこうして身体を繋げられてしまえば、ひとたまりもなく砕け散った。みっともないと思うのに、それさえ淫悦の糧になる。

――いけないと、分かっているのに……

虜《とりこ》になっている自分が何より恐ろしい。溺れて、喘いで、何て情けない。こんなことでしか大切な人たちを守れない自身がどうしようもなく卑屈で矮小《わいしょう》な生き物に思えた。

「……ひ、っう……」

漏れた嗚咽を、唇を噛み締めて押し殺す。今まで、フェリシアが泣けばそれだけエセルバートは機嫌を損ねた。きっと煩わしいのが面白くないのだろう。遊びの女が面倒をかけるのが腹立たしいのかもしれない。

かといって従順に従ってばかりいてもつまらないと言うので、正直何をどうすればいいのかフェリシアには分からなかった。だが、これまで耐えきれずに涙を流せば、確実に彼は気分を害していた。だから、乱暴にはされたくなくて、フェリシアは必死に目尻を拭う。早く泣きやまなければ、酷くされるかもしれない。以前、隠せないところへ印をつけられ、往生したことがある。あんなのはもうご免だ。

「……眼を、擦るな」

大きな手に、両眼を覆われていた。突然暗くなった視界に驚いて、涙も引っ込んでしまう。僅かな空間の中、眼を見開けば、睫毛がエセルバートの手の平にあたり擽ったい。

「貴女は肌が弱いから、簡単に赤く腫《は》れてしまうでしょう。赤くなった眼で家に帰るつもりですか」

冷たい態度で突き放されたかと思えば、こんな風に気遣いの片鱗を見せられる。混乱する思考は、フェリシアの動きをとめさせた。

「……泣くな」

耳の上、こめかみに触れた柔らかな感触。一刻遅れて、口づけられたのだと気がついた。そっと触れるだけの優しいキス。労わりと親愛がこめられた微かな接触。こんな状況の中ではとても不釣り合いで、困惑だけを引き起こした。

――『泣かないで。もう大丈夫。アレンが待っていますよ。ええ、勿論。このことは誰にも言いません』

小さな頃、一人で隠れて泣くことに慣れていた。誰にも、迷惑はかけたくなかった。母がいないせいで手のかかる子供になったとは思われたくなくて、必死に背伸びをしていたあの頃。エセルバートの眼だけは誤魔化せなくて、いつも彼はフェリシアを探し出し、柔らかな慰めのキスを与えてくれた。

一時期、視力を失っていたときにアレンがしてくれたのと同じように抱き寄せて――

「……え？」

「……動きますよ」

「……ゃんッ、……あ、あ、ぁあっ」

よぎった記憶を手繰ろうとした次の瞬間には、荒々しく突き上げられていた。両脚をエセルバートの肩に担ぎ上げられ、激しく腰を打ちつけられる。すっかり解れていたフェリシアの肉洞は、それを貪欲に受け止めた。抜け出ていけば絡みつくように追い縋り、突かれればもっと奥へと誘い込む。白く泡立つ蜜液が、敷布もドレスも濡らしてゆく。前を寛げただけのエセルバートのトラウザーズにも、淫らな染みが広がっていた。

「ひ、ぁ……あッ」

靴さえ脱いでいない自分の揺れる爪先が視界に入り、フェリシアは思わず視線を逸らした。恥ずかしくて狂いそうになる。こんな扱いをされても、気持ちがいいと感じてしまう己が信じられなかった。

「……今日は、今までとは違うことを試してみましょうか？」

「……？」

仰向けになっていた身体を持ち上げられる。内側には、エセルバートの屹立が収められたまま、フェリシアの背中はリネンから引き剥がされた。そして、向かい合った姿勢はそのまま、降ろされたのは彼の膝の上だ。

「……え？　あの」

ベッドの上に座り、胡坐《あぐら》をかいたエセルバートに跨る形でフェリシアは腰をおろしていた。何が何だか分からず、彷徨わせた視線は彼に搦め取られる。

「自分でいいように動いてみればいい。自慰とは違うから、できますよね？」

耳元で囁かれた言葉に、下腹部が収縮した。意図せず締めつけてしまったせいで、腹の中にいるエセルバートの形がまざまざと伝わってくる。動いてもいないのに快感が走り抜け、フェリシアは小さな悲鳴をあげた。

「や、んん……ッ」

「……っ、急に締めつけるなんて酷いな。先にこちらが達してしまいそうになりましたよ？」

どちらが本当に酷いかなんて決まっている。そう抗議しようにも、言葉が上手く出てこない。代わりに喉を通過するのは、だらしない艶声だけだ。

呼吸でさえも内側に伝わって、快楽へと置き換えられた。このままいつも通りに突きあげてくれたのなら、いったいどんな法悦を味わえるのだろうか。期待感からこくりと鳴った喉に気づかれなければいい。けれども、彼はすっかり動きをとめてしまった。フェリシアを見つめたまままっすぐ背骨を撫でおろしただけで、後は一向に何もしようとはしない。

「……っ」

じくじくと熱が籠ってゆく。しかし発散できない不満が、辛うじて残されていた理性を喰い荒らしていった。あとほんの少しで達せられたのに。お預けにされた身体が切なく疼き、僅かに腰を蠢《うごめ》かせれば、蕩けそうな淫悦が湧き上がった。だが、それでお終いだ。決定的なものが与えられずに、飢えだけが募ってゆく。激しく貪《むさぼ》られることに慣れてしまったフェリシアの身体は、この程度ではもう満足できなくなっていた。強制的に開花を促された淫花が匂うほど咲き誇る。

「エセルバート様……っ」

考えることさえ罪深い言葉を吐きそうになってしまい、息を呑んだ。肉欲を求めて獣になってしまったら、それこそアレンや父に顔向けできない。掻き集めた自我を必死に保ち、フェリシアは唇を噛み締めた。

「……強情ですね」

「ひ、ぁあッ」

　ぐっと下から突き上げられたエセルバートの昂ぶりに、体内の行き止まりをこじ開けられそうになる。かつてない深い結合にフェリシアの口の端から唾液がこぼれた。一斉に開いた毛穴から汗が噴き出し、眼の前がチカチカと白く明滅する。仰《の》け反らせ倒れ込みそうになった身体は、彼に支えられていた。

「早く堕ちてしまえばいいのに」

「ん、ぁ、あっ……う、動かないで、くださ……っ」

　直前までは淫らな欲求をしてしまいそうだったのに、口をついて出たのは真逆の言葉。びしょ濡れになった下生えで剝き出しにされた花芯を擦られると、刺激が強すぎて恐ろしくなった。同時に根元まで埋められた屹立に串刺しにされ、わけが分からなくなる。どんどん淫猥に作り替えられる己が怖い。もう、何も知らなかった頃には決して戻れず、こうして使い捨ての玩具として嬲られ、壊されてゆく未来しか思い描けなかった。

「気がついていないのですか？　動いているのは私だけじゃない。貴女もですよ」

「は……ぁ、あぁッ」

　言葉の意味を、正確には理解できなかった。ただ、エセルバートに支えられ、彼の首に縋りついて、激しくなる抽送に耐えている。動きを合わせて腰をくねらせれば、最高の快楽が待っていた。スカートの下からはぐちぐちと淫靡な水音が引っ切りなしに響き、自ら導いた弱い部分を抉られて、フェリシアは太腿を戦慄《わなな》かせた。

「い……ぁんッ……あ、あ……ッ」

「淫乱。こんな姿、誰にも見せられませんね」

「あ……あああ――ッ」

胎《はら》の底へ熱液が迸《ほとばし》る。その熱さに、フェリシアは何度も小刻みに痙攣した。押し上げられた高みから降りてこられず、ドレスに包まれたままの身体を震わせる。腰と尻に喰い込むほどに添えられたエセルバートの指さえ、甘やかな愛撫に感じられた。

「……は……汚れてしまいましたね。服も、貴女も」

漆黒の闇に抱かれる。倒れ込んだフェリシアに夕闇の瞳が近づく。瞬きもせずぼんやりと開いていた視界には、美しい悪魔が微笑んでいた。


目が覚めたとき、フェリシアは一人ベッドに寝かされていた。隣には、温もりさえ残されてはいない。随分前に、エセルバートは抜け出したようだ。

――それとも、最初から一緒に休む気などなかった……？

目覚めてすぐに、彼と顔を合わせる勇気もないくせに、どこか寂寥を感じてしまうのがおかしい。捨てきれない兄と慕った時間が、フェリシアを未だに苦しめ続けている。

窓に眼を遣れば、あれからさほど時間は経っていないのか、まだ外は明るかった。

一人で眠るには広すぎるベッドから抜け出そうとして、先刻まで着ていたドレスとは変わっていることに気がついた。今日身につけていたのは、モスグリーンの地味なものだ。胸元のリボンだけが唯一の装飾だが、裾にはたっぷりと布が使われており、よく見れば刺繍が施されたお気に入りの一品だった。先ほどの戯れで見るも無残になっていると覚悟はしていたのだが。

けれども今、フェリシアが着ているのは、純白のナイトドレス。贅沢《ぜいたく》にもレースをふんだんに使い、蝶の羽のように薄い布地だが、とてもしっかりとしていた。微かな光沢が華やかなのに、上品で可憐でもある。絶対に、安いものではない。ひょっとしたら、フェリシアの所持するどんなドレスよりも高価かもしれない。

「何故――――」

姿の見えないメイドたちが着替えさせてくれたのだろうか。だとすると、恥ずかしくて堪らなかった。顔も知らない人たちに、フェリシアのあられもない姿を見られたのか。それも、全く意識のない内に。

それは嫌だと思ったが、もしもそうでなければ着替えさせてくれたのはエセルバートということになる。だとすれば、もっと居た堪れない。

「あ、あの方が、そんな真似をするはずないじゃない」

そう頭を振っても、心のどこかでそれが正解ではないかと感じていた。身体も拭ってくれたのか、妙にさっぱりしているし、何よりもこのナイトドレス。とてもフェリシアの好みに合っている。こんなものが欲しいと誰にも言ったことはないが、心の中では思っていた。わざわざ用意してくれたのかと思うと、胸の中がむず痒《がゆ》くなってしまう。

「でも、私の服は……」

何とか体裁だけでも整えなければ、家に帰れない。昼間出かけた娘が違う格好で帰ってくれば、父も不審に思うだろう。それに、あのドレスの中には、大切なものがしまってある。フェリシアにとって、お守りとも言うべきものが。

ベッドの脇に置かれていた女性物の室内履きは自分のために用意されたものだと判断して使わせてもらった。室内を見回したが探しものは見当たらず、この格好では廊下にも出られない。迷った末、唯一選べる扉をフェリシアは開いた。

隣室はエセルバートの専用娯楽室に繋がっており、沢山の書架が置かれたその部屋は、独特な香りに満ちている。嫌いではない紙とインクの芳香を吸い込んで、フェリシアは一歩足を踏み出した。

窓の少ないそこは、昼間でも薄暗い。中央に配されたソファの上に、彼はいた。うたた寝するかのように眼を閉じて、背凭《せもた》れに身体を預けている。服は着替えたのか、白いシャツに黒のトラウザーズのみ。いつもきちんとした格好をしているエセルバートの、珍しくラフな姿に少しだけフェリシアは驚いた。

「――――目が覚めましたか」

「ぁ……、起きていらっしゃったのですか？」

てっきり眠っているのだと思っていた。無防備な様子が意外で、不思議な心地になる。

もう少し、見つめていたかったと。

「眠りこけている方が都合がよかったですか。だが、逃げ出すには服がなければ無理だと思いますよ」

フェリシアの考えていたこととは全く違うことを言われ、どう返せばいいのか分からない。曖昧《あいまい》に首を傾げたまま、エセルバートの言う通りだと納得していた。着ていたドレスを返してもらわねば、困ってしまう。それから、下着も。

「あの、私の服はどこに……それから、ポケットに入っていたものがあったはずなのですが……」

「これのことですか？」

「……！　は、はい。そうです」

テーブルの上に、畳まれたハンカチが置かれた。青地に、白い縁取りだけがされたシンプルなデザイン。角がほつれて、少しだけくたびれているフェリシアの宝物。

受け取ろうと手を伸ばした瞬間、それはツイとエセルバートに引き寄せられてしまった。

「あの……？」

「とても貴女が好むデザインとは思えません。それどころか女性ものにも見えない。品質は悪くないが、かなり古い。何故、これを？」

　彼の言う通り、見るからにフェリシアには不釣り合いな代物だった。淑女の持ち歩くハンカチとは到底思えない、飾り気のない布。いくら派手なものが苦手なフェリシアでも、持ち物にはもう少し可愛らしい造形を選ぶ。

「これは……昔いただいたものなので」

「貰った？　誰に」

「お、叔父様に……」

　フェリシアが十歳になったばかりの頃、色々と多忙になっていたアレンの気を惹きたくて彼のハンカチを隠したことがある。いけないことだと分かっていても、叔父が一番気に入っている一枚を手に入れたことが、どうしようもなく嬉しかった。尤《もっと》も、挙動不審になったことですぐに企みは発覚し、叱られてしまったのだが。

　けれども、その際アレンは『兄さんには言わない、二人だけの秘密』だと約束してくれた。そして、寂しい思いをさせて済まないと謝り、そのままハンカチをフェリシアにプレゼントしてくれたのだ。

　以来、この青い布は、フェリシアの宝物になっている。

　辛いとき、悲しいとき、いつだってこれを握り締めていれば耐えられた。独りではないと勇気づけられてきた。だからこそ、今日のような日には触れるだけではなく、お守りとして身につけずにはいられなかったのだ。

「――アレンが？」

「はい。私にとって、何よりも大切なものなのです。だいぶ古びてしまいましたが、そんなことは問題ではありません。これに触れていれば、どんなときでも叔父様が慰めてくれますから」

誇らしい気持ちで胸を張る。大切な人との優しい思い出を語れる喜びに、気持ちが浮き足立ってきた。

「ですから――」

「こんな薄汚れたものを持ち歩かせるなんて、私の矜持が許さない」

「え？」

渡してくださいと言いかけた言葉は途中で断ち切られた。忌まわしいものを掴《つか》むように、エセルバートがハンカチを握り潰す。そしてそのまま、床へと払い落とした。

「何をするんですか!?」

「公式か非公式かはともかくも、今の貴女は私と関係のある女性です。そんな相手にこんなみすぼらしいものを身につけさせるわけにはいきません」

「関係って……」

恋人ならともかく、フェリシアは愛人でさえない。絶対に表沙汰になることのない間柄なのだから、どんな格好をし、何を身につけていようとエセルバートに影響があるはずもなかった。

「エセルバート様には、何の関係もありません」

迷惑などかけていない。床に落とされたハンカチが哀れで、まるでフェリシア自身と重なって見えた。所々汚れ、打ち捨てられた道具。悲しみが涙となって湧き上がる。

「どんなに古くなっても、仮に破れてしまっても、私にはとても大切なものなのです」

「捨てなさい」

短い命令には、怒りを込めた視線で返した。どれほど淫らな行為を強いられても我慢できる。でも、これだけは従えない。

「嫌です」

フェリシアは素早く屈み込みハンカチを拾おうとしたが、その前にエセルバートに奪い取られた。指先を掠めた布が、彼の手の中で皺《しわ》くちゃに握られる。

「返して！」

ぐしゃぐしゃに丸められた青い布を取り戻そうと伸ばした手は届かなかった。立ち上がったエセルバートは、そのまま部屋の奥に一つしかない窓へと歩いてゆく。

「……!?」

「……くだらない思い出に縋っているから、いつまで経っても叶わない想いを捨てきれないんじゃないか」

「や――……！」

ひらりと、一枚の布が舞う。風に乗り広がったそれは、奇妙に形を変えながら吹き飛ばされた。

エセルバートの手から落ちたハンカチは、見る間に遠くへ運ばれる。真下に落ちるのではなく、屋敷の前に広がる広大な庭園の中へと。

「あ……あ」

その軌跡を追い身を乗り出したフェリシアは、強引に後ろへ引き戻されていた。脱力してしまった膝が、ガクガクと震える。辛うじて立っていられたのは、後ろから彼に抱き込まれているからだった。

「ひ、どい……どうして……っ」

「理由はさっき説明しました」

「あれは……私のものです。それを、勝手に……！」

涙目で振り返れば、表情をなくしたエセルバートの冷たい眼差しとぶつかった。感情の片鱗《へんりん》も見えない凍りついた顔。残酷な言葉と仕打ち。それなのに、腹に回される腕だけがとても熱い。だからこそ、これ以上触れられていたくはなかった。

「離してください……っ」

渾身《こんしん》の力で彼を突き飛ばし、フェリシアは走り出した。自分がナイトドレス一枚しか纏っていないことも忘れて、部屋を飛び出る。そのまま、はしたなくも廊下を走り、階段を駆けおりた。目指すのは、ハンカチが落ちた場所。上から確認したのは、丁度秋薔薇《あきばら》が満開の一角だった。

「どこ……？　叔父様からいただいたのに……！」

大切な記憶まで踏み躙《にじ》られたようで苦しい。流石に薄着のせいか、冷気が肌を撫でた。けれど、寒いとも感じないまま夢中で辺りを見回す。刈り込まれた緑の中に咲く赤や黄色の薔薇。春に咲くものよりも小ぶりだが、色味は濃く艶がある。濃厚な香りの中で、漸く異質な色を見つけた。

薔薇の花にはない色彩。鮮やかな青がアーチを描いた枝に引っかかっていた。

「あった……！」

思わず駆け寄り、必死に手を伸ばす。だが、フェリシアの身長ではあと少し届かない。それでも思いっきり飛び上がれば、爪の先が僅かに掠めた。

薔薇の棘《とげ》が指先を傷つけても、頬に鋭い痛みが走っても、構わなかった。それよりも叔父のくれたハンカチしか眼に入らない。他のことなど、どうでもよかった。宝物を守りたくて何度も伸び上がれば、気まぐれな風に煽られた布はするりとフェリシアの手の中へと落ちてくる。

「あ……！」

やっと取り戻したハンカチは糸が引き攣れ、無残な傷になっていた。角のほつれも、悪化している。きっと薔薇の棘に引っかかってしまったのだろう。悲しい気持ちになりつつも、フェリシアは安堵感からその場に座り込んだ。

「よかった……」

葉っぱを払い、皺だらけになった表面を撫で、丁寧に折り畳んだ。こぼれる涙に押し当てて、止まらない嗚咽《おえつ》を噛み殺す。

他人から見れば、こんなものに拘《こだわ》っている自分はひどく滑稽《こっけい》なのだろう。それでも、縋らずにはいられない。一生隠し通すと誓った気持ちを、唯一慰め続けてくれた品だから。

「……そんなに、それが大切ですか」

「……っ」

背後からかけられた声に、フェリシアは慌ててハンカチを両手で握り締めた。もう二度と奪われまいと抱き込んで身を固くする。

「――そのままでは風邪をひく」

近づいてくる靴音に身体を縮こまらせたままでいると、向けた背中にガウンがかけられていた。男性ものらしいそれは、フェリシアをすっぽりと包んでくれる。

「……アレンは、絶対に貴女を女性として愛したりはしない。彼の中で貴女は永遠に幼く愛らしい『妹』のままです」

「……それでも、いいのです」

「想いを返さない相手のために、好きでもない男から凌辱されても構わないほど？」

息もできないほどの痛みが、全身を苛んだ。その中でも最も激痛を訴える胸へ、ハンカチを押し抱く。

「アレンは、貴女が陰で身を捧げているなどとは夢にも思わない。自分の幸せを夢想して、『妹』の存在など片隅に追いやり、今はリースリア様しか眼に入っていないに違いない。そしてそれは、これから先もずっと続く」

敢《あ》えて言葉にされなくても、フェリシアには分かっている。それをわざわざ突きつけてくるエセルバートの残酷さに、また涙が溢れた。

「関係ありません。私のこの想いは……死ぬまで消えることはないでしょう。想うだけなら自由です。その件でエセルバート様に意見される謂《いわ》れはありません。——これは……このハンカチだけは絶対に手放しません。たとえ貴方のご命令でも」

はっきりと言い切れば、暫しの沈黙が落ちた。薔薇の香りが一層濃くなる。秋の風が、無情にもいくつかの花弁を散らせた。一枚、二枚と日暮れの気配を漂わせ始めた空に飛ばされ、やがて見えなくなってしまう。蹲《うずくま》ったフェリシアの脚に引っかかっていた黄色い花弁もどこかへ消えてしまった。

「……勝手になさい。そんなもの――もう、どうでもいい。だが、反抗的な玩具が今までと同じ扱いを受けられるとは思わないでください」

暖かいガウンとは裏腹に凍えた声音が投げつけられる。後ろを振り返る勇気は、フェリシアにはなかった。

6　閉ざされる世界

「……あっ、ぁッ……」

喘ぎすぎた喉が、悲鳴をあげた。もはや、嬌声さえ掠れた音でしかない。揺さぶられる身体に力は入らず、投げ出されたままの手足は不規則に揺れていた。

フェリシアは仰向けで横たわり、虚ろな瞳で天井を見上げていたが、その眼には何も映ってはいない。ただ、生理的な涙が幾筋も頬に痕《あと》を残していた。しかしそれさえ涸《か》れ始めて、どれくらいの時間が経っただろう。

「……っ」

既に何度も注がれた白濁が、また腹の中へと放たれた。熱くぬかるんだ内側は、もうぐずぐずに蕩けてしまっている。それでも、女の身体は卑猥な動きで一滴残らず呑み込もうと奥が蠕動《ぜんどう》し、エセルバートへ絡みついた。

「ああ……日増しに、貴女は私に馴染んでゆく」

「……は、ぅ……」

彼が抜け出てゆく感覚にさえ腰を震わせ、はしたない声をあげてしまった。涙や唾液で乱れた顔は、きっと酷いありさまになっている。見おろすまでもなく、身体も大変なことになっているだろう。脚の付け根が軋み、気怠い重さが全身に伸しかかっていた。それでも意識があるだけ、今日はマシかもしれない。

この数日、連日滅茶苦茶に抱き潰されていた。何度達しても、エセルバートが満足するまで解放してもらえず、息も絶え絶えになりながら犯され、また眼が覚めれば淫靡《いんび》な要求に応える毎日。

仕事を手伝うという名目で職場まで連れ込まれ、仕事の合間に彼へ奉仕する。初めて口の中へ精を放たれたときには、呆然《ぼうぜん》としてしまった。けれど、それにももう慣れた。

今日は机の上で乱されたせいか、肩や腰が痛い。動く余力のない身体を叱咤《しった》して、フェリシアは半裸のままのろのろと起き上がり、力を失った彼のものへと舌を這わせた。

自分の蜜と、エセルバートの放った精が、口の中で混じり合う。その不快さも、回数をこなせば麻痺していった。茎から先端へと舐めあげ、纏うぬめりを口内で漱《すす》ぐ。中に残る欲望の残滓《ざんし》を吸い上げれば、彼は低い呻きを漏らした。

「……っ」

何もかも、エセルバートに教えられたこと。少し前まで、自分が無垢な処女だったとは到底信じられない。今やこうして、命じられる前に自ら男性器を咥え込むほど堕落しているのに。どろりと股の間を流れ落ちる白濁の感触に身を震わせ、フェリシアは暗い笑みを浮かべた。本当に、自分がただの排泄の道具になった気分になる。このまま心までなくせてしまえば楽なのに。現実はそう簡単にはいってくれなかった。

「いつまでそうしているつもりですか」

さっさと身なりを整えたエセルバートは、冷たい眼でフェリシアを見おろしてきた。前髪を掻き上げ後ろへ撫でつけた姿には、もう先ほどまでの艶めいた空気は微塵も残ってはいない。

「今日の仕事は終わりです。馬車を用意しますから、帰りなさい」

「……はい」

全く温度の感じられない背中に、曲がりなりにも数日前までは気遣われていたのだと悟った。時折感じていた彼の優しさは、やはり気のせいではなかったらしい。だが、それも完全に失われてしまった。今や会話もなく時間の許す限り身体を重ねるだけ。劣情を叩きつけられるだけの乱暴な行為はまさに、『欲望の捌《は》け口』といった扱いだった。

――叔父様とリースリア様の婚姻が具体的に決まり始めて、苛立っていらっしゃるのかもしれない……。

華やいだ笑顔を見せるアレンを思い出し、フェリシアは軋む胸を押さえた。

話し合いの日から九日。どうにかオルブライト公爵の怒りを静めたアレンは、コレット伯爵家との養子縁組みの話も順調に進んでいるらしい。短い勘当を解かれ公爵家へ戻ったリースリアからは、毎日のように恋文が届いている。このままいけば、早い内に正式な婚約が結ばれるかもしれない。

元々明るい人ではあったけれど、この数日のアレンは全身から喜びを露《あら》わにし、以前以上に陽気になっていた。その明朗さに影響され、沈んでいた父も漸く安心したようだ。屋敷の中は今、昔のような賑わいが戻ってきている。――――フェリシア一人を除いて。

「明日からアレンも職場に復帰します。そうなると貴女を同伴するわけにはいきませんから、夜に屋敷へきてください」

「え……そんな、夜半に男性のもとへ行くなんて……」

未婚の女性がすることではない。とんでもないと断ろうとしたが、振り返ったエセルバートに冷笑で返された。

「私たちが最初に結ばれた夜は、貴女の方から押しかけてきたくせに？」

「……！」

確かにあの夜はどうかしていた。いくらアレンのためであっても、独身の異性宅へ押しかける時間ではなかった。けれどそれは、兄も同然の彼を信頼していたからできたことだ。

「心配しなくとも、迎えは手配します。それに適当な言い訳もアシュトン子爵には説明しておきましょう。そうだな、忙しくて後回しになっていた資料の整理をお願いしたいが、私が同席しないと難しいこともある。だが自由になる時間が夜しかない――というのはどうでしょう？　勿論帰りは屋敷にきっちり送り届けますよ」

おそらく父は、エセルバートに迷惑をかけてしまった罪悪感と恩義、これまでの信頼から二つ返事で了承するだろう。それが娘を地獄へ落とすとも知らず。

「普段の子爵ならば、アレン自身に責任を取らせ働かせようとするでしょうが、今この時期だ。やるべきことは二人とも腐るほどあります。時間はいくらあっても足りないほど忙しい。娘の手を借りたいと考えても、何ら不思議ではありません」

彼の台詞は尤もで、反論の余地はなかった。項垂《うなだ》れるフェリシアにエセルバートが離れてゆく靴音が届く。そのとき、フェリシアの瞳の奥がチクリと痛んだ。

「……？」

違和感は一瞬だったが、僅かに視界が霞んだ気もする。瞬きを繰り返す内いつも通りの景色が戻ってきたが、疲れているのだろうか。確かに最近、あまり眠れていない。

「――どうかしましたか？　身支度を整えたら、出ていきなさい。馬車はいつも通りの場所に停めてあります」

追い払われるように部屋から出され、フェリシアはよろめく身体を壁で支えた。両足に力が入らない。拭っただけの付け根からは、身動きする度にどろりとした液体が溢れ出てきた。

「……っ」

不快な感触さえ、連日となれば慣れてくる。倦怠感《けんたい》が抜けない身体には無数の花が咲き、古いものが消える間もなく上書きされるせいで、フェリシアの肌はすっかりまだら模様になっていた。とても他の人には見せられない。自分でさえも、痛々しくて直視ができないほどなのに。

少しでも下着を濡らすまいと内腿に力を込めたが、逆効果なのか一層ぬめりが酷くなった。生々しい感触に、泣きたくなる。

——怖い。こんなことが続けば、いつ子供を孕《はら》んでしまうか分からない……そんなことになったら、私はどうすればいいの？　やっぱり薬をどこかで手に入れなければ……でも、誰にも相談なんてできやしない……

相変わらず避妊など念頭にないかのように、エセルバートは最奥で精を放つ。それどころか塗り込めるようにされることも、何度かあった。巷《ちまた》には避妊薬というものがあるらしく、それさえあれば、少しは気持ちが落ち着くかもしれない。少なくとも、毎日妊娠の危険に怯えることはなくなる。

フェリシアは子宮いっぱいに満たされた子種を抱え、用意されていた馬車へ逃げるように乗り込んだ。外はまだ明るい時間帯なのに、真っ暗闇に閉ざされた心地がする。

――未婚のまま子供を産んだ女性に世間は厳しい……私一人が糾弾されるならまだしも、お父様や叔父様に迷惑がかかることだけは避けなければ……でもいったいどうすればいいの……

フェリシアは頭を巡らせたが、いい案など思いつかなかった。そもそも、問題の薬をどこで入手すればいいのかが分からない。下手に誰かに聞けば、いらぬ噂が立ってしまう。そういったことに詳しくかつ口が堅そうなのは娼婦だが、フェリシアには当然彼女たちと面識などない。かといって、街中の薬屋へ行くのも怖かった。自分がいかに世間知らずな上に役立たずなのかを思い知る。

重い溜め息を吐き出して下腹部を押さえた。快楽の残り火が、まだ胎内で燻《くすぶ》っている。冷えた心とは裏腹の反応に、自嘲の笑みが浮かんで消えた。


「お帰り、フェリシア」

陰鬱な気分のままフェリシアはアシュトン子爵家に帰った。明るい声に俯いていた頭をあげると、リースリアと並び立つアレンが出迎えてくれる。

「リースリア様……」

「お邪魔しております、フェリシア様」

優雅に礼をとる彼女を、アレンは蕩けるような瞳で見つめた。

「リースリアも今きたところなんだ。色々相談しなければならないことがあるからね。本当なら、こちらからお伺いするべきなんだけれども……」

「いいえ、私が伺いたいとお願いしたのです。だって、部屋に籠ってばかりいては、逆に身体によくないわ。それに、アレン様がお生まれになって育った場所ですもの……私、もっとじっくり見てみたかったのです。ご家族とも仲良くさせていただきたいですし……」

うっとりとアレンを見上げる眼差しには、初めての恋に対する喜びしかなかった。そんな純粋さだけをフェリシアが抱いていられたのは、いったい何年前だろう。今は、苦しさや痛みの方がずっと多い。それでも内心を悟られるわけにはいかず、満面の笑みで返した。

「ようこそいらっしゃいました。リースリア様。お越しになるのを存じ上げず出かけてしまい、申し訳ありません。すぐにおもてなしの準備をさせますね」

「そんな、私こそ急に来てしまって……」

邪気のない美しさは、時に人を苦しめる。フェリシアは切なさから瞳を逸らした。

「どうぞ、奥へ。お茶を運ばせます」

「ああ、フェリシアも一緒に。兄さんももうすぐ来る。家族で話し合おうじゃないか」

「家族……」

何の気負いもなく、残酷な言葉を吐いてくれる。リースリアの腰へそっと回されたアレンの腕には、二人の親密さが漂っていた。想い合う恋人たちだけが醸し出せる甘やかな空気。満ち足りた雰囲気。その温かさにあてられて、フェリシアは凍えてゆく。

「ごめんなさい、私は……」

一刻も早く、身体を清めたかった。ドレスも着替えてしまいたい。光のような二人の前で、消せない染みだらけになった自分はあまりに惨めだ。今すぐ、逃げ出してしまいたい。

そんな願いも虚しく、アレンに手を取られた。

「遠慮しているのかい？　馬鹿だなぁ。フェリシアは私の大切な『妹』じゃないか！　私たちが結婚しても、それは変わらないよ」

どうか強張った指先に彼が気づかれなければいい。泣きそうな目元を見られたくはない。フェリシアは渾身の力でもって震えそうになる声と身体を律した。家族として。妹として。それだけの存在でしかないと言われれば傷つくのに、せめてその立ち位置は絶対に失いたくない。矛盾を抱え、また嘘を吐く。

「ありがとうございます、叔父様」

「アレン様の妹ならば、私の妹も同然ですもの。仲良くしてくださいませ、フェリシア様。嬉しいわ。私、オルブライト家では一番末の子供なので、いつも弟か妹が欲しかったの。こんな可愛らしい方が妹になってくれるなんて、本当に幸せ……」

いっそリースリアが貴族令嬢然とした傲慢《ごうまん》な女性であったならば救われたのに。一瞬よぎった思考を振り払う。これでよかったと確かにフェリシアは思っているが、もう一人の自分が囁くのを止められなかった。

――『鼻持ちならない高慢な女であれば、叔父様に目を覚ませと言えたのに、残念ね』

――『美しさも善良さも、お前は彼女の足元にも及ばない』

――『本当は、破談になればいいと願っているのでしょう？』

「フェリシア、どうしたんだい？」

身の内からの声に取り込まれそうになったとき、アレンの呼びかけに引き戻された。はっと顔をあげれば、心底心配そうにこちらの様子を窺っている。

「あ、ごめんなさい。ちょっとぼんやりしてしまって……疲れているのかしら」

「ああ、私のせいでエセルバートの手伝いを引き受けてくれているのだものな……すまない。体調が悪いのかい？」

「いいえ、大丈夫です。でも一度部屋に戻らせてください。あの、今日のお仕事は少し埃《ほこり》っぽくなったので、着替えてから参ります」

「そうか？　でも、それじゃあ先に行って待っているよ」

手を振るアレンに笑顔で応え、フェリシアは拳を握り締めていた。

何度否定しようとしても、消え去らない邪悪な声。違うと、大声で叫んでしまいたい。でも、そんなことができるはずがない。

足早に自分の部屋へと戻ったフェリシアは勢いよく扉を閉め、施錠した。この空間だけが、今や本当に安心できる唯一の場所。誰にも、何にも入り込まれたくはない。

エセルバートに無理やり暴かれる以外曝け出せない心を持て余し、フェリシアはベッドに突っ伏して少しだけ泣いた。強引に声を押し殺したせいか、頭が痛い。いや、頭痛というよりは瞳の奥が。それも、眼球を動かすと酷くなる。気のせいか、焦点を合わせにくい気もする。幼い頃眼の病気を患ったことを思い出したが、あれは完治したはずだ。だとすれば、少し泣きすぎたのかもしれない。最近は毎日のように涙をこぼしているから、眼にも負担がかかっていて当然だ。ゆっくり深呼吸し涙を止め、フェリシアは身支度を整える。鏡の中には昏い顔をした女が映っていた。


翌日からは娯楽室に溢れる本を整理するという名目でエセルバートに呼び出され、フェリシアは短い時間を惜しむように身体を繋げられた。

案の定、彼を全面的に信用している父は、疑うこともなく娘の夜の外出を許可した。自分で選び決めたこととはいえ、何も知らない父と叔父が恨めしい。あともう少し気にかけてくれればという思いが捨てられない。少しずつ、でも確実に重くなる秘密の枷《かせ》。泥の中に沈み込むように身動きできない深みへと嵌《は》まってゆく。今や、自分の身体さえフェリシアのものではなかった。

「あ……く、ぅ……っ」

書架に手をつき、立ったまま後ろから攻めたてられるという淫猥さに眩暈がする。そしてこんな場所で裸にされているということも、フェリシアの矜持を著しく傷つけた。

微かな月光が、白い肌を浮かびあがらせる。本という知性の象徴の中で、淫らな行為に溺れる背徳感。整然と並べられている書籍はどれも貴重で高価なものなのに、そこへ押し付けられる乳房の卑猥さはどうだ。剝き出しの頂が背表紙に擦れ、フェリシアは背をしならせた。

頭の中が真っ白になる。その瞬間だけは、何も考えずに済む。今やそれだけを求めて束の間の救いに縋っていた。

「……まるで空っぽの人形を相手にしているようだ」

つまらない、と言い捨てたエセルバートに、膝から力が抜け倒れ込んだフェリシアは強引に起こされた。そして、部屋の中央にあるソファへ突き飛ばされる。

「従順であることは求めたが、自我をなくせと命じた覚えはありません」

「……貴方にとっては、どちらでも同じではないですか」

「言い返す気力はあるのですか」

鼻で嗤われ、投げかけられたタオルと服をのろのろと拾った。心を麻痺させてしまえば、今以上の痛みは感じずに済む。いくら思い悩んでも出口がないのなら、あがくだけ無駄ではないのか。諦念に喰い荒らされた精神がフェリシアから笑顔を奪い去っていた。尤も、エセルバートの前では作り笑いなどする気にもなれない。彼は簡単に見破ってしまうし、偽物の笑みを嫌っている。ならば努力するだけ無駄だ。

「……申し訳ありません」

言葉だけで謝罪を示し、ドレスを身につけ立ち上がろうとした刹那、エセルバートに伸しかかられていた。

「最近の貴女は、私が中で吐精するときにだけ感情が戻るようですね。自分が心底嫌そうな表情を浮かべていることに気がついていますか？　近頃の私はそれを見るのだけが楽しみなのですよ。そのときだけは、貴女の頭の中から他の全てを消し去れますから」

「今夜は、もう……！」

再び身体を繋げようとする気配を察して、フェリシアは両手を突っ張った。既に今日も胎の中には何度か精が放たれている。今更であったとしても、できるならば危険を重ねたくなかった。

「ねぇ、フェリシア。子を孕まないようにする薬をあげましょうか」

「……！　お持ちでいらっしゃるのですか……!?」

「手もとにはないけれど、手に入れることは可能です」

どういう風の吹き回しかは分からないが、エセルバートの言葉にフェリシアは眼を見開く。そして一も二もなく彼に縋りついた。

「お願いします……！　是非……！」

「……必死ですね。面白くないな」

眇められた瞳には、青い焔が揺らめいていた。フェリシアが解答を誤ったのだと気がついたときには、両腕は頭上に纏められていた。

「気が変わりました。そんなものは渡したりしません。それから、他で入手してくることも許さない。薬など、絶対に飲ませませません」

「そんな……！　もしも子供ができてしまったら、どうすれば……！」

一度ちらつかせられた希望を取り上げられれば、より一層絶望が深くなる。以前エセルバートが語っていた言葉を思い出す。そして、身をもってフェリシアはその痛みを知った。頭が痛い。視界も霞む。身体が泥の中へ沈み込む錯覚に襲われ涙が込み上げた。

「そのときは、産めばいい」

「何を……！」

父親のない子を産めと言うのか。それとも子供だけ取り上げるつもりなのか。彼の真意が分からない。歪んだ唇に乗る言葉は、全てがフェリシアを苦しめるための呪いに思えた。

「……もっともっと苦しんで、身動きが取れなくなればいい」

「何故……そんなに……」

憎まれている。純度の高い悪意で雁字搦めにされてゆく。逃げ道を断たれる音が、確かに聞こえた。

少しずつ、世界は狭くなる。檻に閉じ込められ、枷を嵌められる。もうどこにも逃げられない。眩暈がする、と感じた次の瞬間、フェリシアの右目に激痛が走った。そして視野の中心が黒く染まる。

――あのときと、同じように。

『奥様があんなに早く亡くなられたのって、無理をしてお嬢様をご出産されたせいよね。とても難産でいらっしゃったし……そのせいで旦那様も我が子にどう接していいのか分からないみたい。仲の良いご夫婦だったもの……お可哀想で見ていられないわ』

今はもう屋敷にいないお喋りなメイド。彼女は幼いフェリシアが物陰で聞いているのも知らず、大きな声で話し続けた。

『ねぇ、あんたもそう思うでしょ？　しかも、言っちゃなんだけれど、お嬢様って陰気で子供らしさに欠けるじゃない？　旦那様が持て余すのも、仕方ないと思うのよ。お互いに不幸だけどさぁ、お嬢様にも原因があるから、実の親にも疎まれ嫌われるんじゃないの』

やめなさいと制止する他の声を無視して彼女は捲し立てた。無責任で、罪悪感さえ薄い昼下がりのお喋り。きっと悪意さえあのメイドは自覚していなかっただろう。けれども、フェリシアの心は、そのとき完全にひび割れた。

――私が『悪い』から『嫌われる』。『疎まれ』ても仕方ない――

『旦那様ったら、案外本気で憎んでいらっしゃるかもよ？　フェリシア様のせいで奥様が亡くなられたって――』

――私のせいでお母様は死んだ。私のせい。私が悪い。だから、だから――

「私は……この世で一番、貴女が憎くて堪らない」

世界が、暗闇に閉ざされる。

「い……っ」

「フェリシア？」

痛い。眼の奥が燃えるよう。こちらを覗き込むエセルバートを見ようとすれば、尚更苦痛が酷くなった。慌てて目蓋を閉じても、刺すような痛みは全く引いてくれない。それどころか、左側にも微かな違和感があった。

「どうしましたか？」

「な、何でもありません。私、帰ります……っ」

両眼を押さえながら、フェリシアはエセルバートを押し退けた。ぼろぼろと溢れる涙が、尚更視界を滲ませる。今や、ぼんやりとした物の輪郭しか視認できない。一刻も早く家に帰って休みたかった。だが、今日ここにくるときに身につけていたはずのネックレスを、まだしていないことに気がつく。アレンに貰ったハンカチはあれ以来お守りとして持ち歩けないから、代わりにしていた母親の形見。フェリシアには少し地味な印象のガーネットを使ったそれを求めて、痛む瞳を彷徨わせた。

「わ、私のネックレスはどこですか……？」

「は？　……ああ。貴女は本当に懲りていないですね。あんな目にあったのに、何故私と会うときに、アレンからの――他の男からのプレゼントを身につけてくるのです？」

「え？」

意味の分からぬエセルバートの言葉に首を傾げる。何を言っているのかと問いかけようとして、見上げたフェリシアの眼球に鋭い痛みが走った。

「……！」

「せめて好きな相手に抱かれている気分でも味わいたかったということですか。普段は、碌《ろく》にアクセサリーなど身につけないくせに……こんなもの、とても貴女の趣味とも思えませんし、もっと年齢を重ねた者が好みそうな品だ」

チャリ、と鳴る金属音に、眼の前にネックレスが差し出されたのを悟った。だが、受け取ろうとしたフェリシアの手は、虚しく空を掻く。

「……前回は、私が折れましたけれど、何度も同じことが許されると思いますか？」

眼が痛くてまともに開けていられない。それでも、エセルバートから立ち上る怒りの空気は充分に分かった。アレンから貰った青いハンカチを奪われたときと同じものを感じる。フェリシアの胸に嫌な予感が巣くう。まさか、また捨てろと言われるのではないか。数少ない、フェリシアに残された母のものなのに――

「か、返してくださいっ」

闇雲に伸ばした指先が、何かに引っかかった。そのまま強引に引き寄せれば、ぷつりと儚い感触と共に抵抗が失われる。そしてエセルバートの驚愕が伝わってきた。

「――――！」

パラパラと何かが散らばる音がする。フェリシアの足元にも、小さな欠片が転がった。指の間からこぼれる、小粒の石。暗褐色の宝石たち。それが瞬く間にネックレスの形を失っていった。

「あ、あ――――お母様のネックレスが……」

「え？」

必死に見開いた視界はぼやけ、碌に見えない。それよりも痛みが邪魔して、一際大きく中央で輝いていたガーネットを探すことさえ難しい。激痛に耐えかねて、フェリシアは悲鳴をあげて蹲った。

「フェリシア！」

痛い。痛い。痛い！

眼球そのものが焼き尽くされるように痛む。もう目蓋を開けることもできない。そして何も見えやしない。真っ暗闇だ。たとえ、眼を開いても。

「フェリシア!?　どうしました？」

「眼……眼がおかしいんです……っ」

「何ですって？」

数日前から感じていた不調。ただの疲労や寝不足だと放置していたものが一斉に襲ってきたようだが、この痛みには覚えがある。

思い出すのは漆黒の闇。煩わしい包帯。気配で伝わる父の嘆き。期間にすれば三か月にも満たないが、視覚を遮断された日々は恐ろしかった。あの、辛かった毎日の少し前、こんな風に両眼が痛みはしなかったか。

幼い頃の悪夢が忍び寄ってくるのを感じる。あの苦悩を乗り越えられたのは、アレンが傍にいてくれたからだ。手を握り、言葉は交わさずとも、誰よりも魂の近い場所で励ましてくれた。だから、希望をもって治療にも前向きになれた。けれど、今はもうあの人は自分のものではない。他に大切な人を見つけてしまった。全てを置いてフェリシアに寄り添ってくれることは二度とない。

――私は独りぼっちだ……

「い、痛い……！　眼が……っ、見えない……！」

「しっかりしなさい、フェリシア。眼を開けられますか？」

両眼を覆った手を、エセルバートに引き剝がされる。フェリシアは必死に目蓋を押し上げたが、再び悲鳴をあげて身体を丸めた。

「駄目、眼を動かすと余計に酷く……っ、ぅ、く……」

ランプの淡い光量さえ、凶器のように突き刺さってきた。眼を閉じればマシになるが、不安感から薄目を開けたくなってしまう。視界に陣取る黒点は、今や全てを覆っていた。

「どうして……？　怖い……！」

また、完全に見えなくなってしまったらどうしよう。再発するなんて、知らなかった。いや、以前と同じ病気だという確証もない。ひょっとしたら、もっと重篤な病かもしれないではないか。だとしたら、二度と回復を望めない可能性もある。

大好きな薔薇も、本を読む喜びも、大切な人々の顔もこのまま失い、一生を闇の中で終えるのか。

嫌な想像ばかりが逞しくなり、フェリシアは傍らにいるエセルバートにしがみついた。冷たくあしらわれるかと恐れたが、彼はしっかりと抱き寄せてくれる。そして、聞いたこともない震える声で囁いた。

「……私の、せいか？」

「……え？」

普段の彼からは考えられないほど動揺を露わにした弱々しい声音。それが、フェリシアのつむじを揺らした。抱き寄せる腕の力が強くなる。すっぽりと包まれた胸の中は、とても温かかった。

「――すぐに医師を呼びます。今からベッドへ運ぶから、心配しなくてもいい」

「あの……」

壊れ物を扱うような恭しさで横抱きにされ、連れて行かれたのはエセルバートの寝室。ここへは前に一度だけ入ったことがある。あのときはただ、彼の欲を受け止めるためだけだった。

「明かりが辛いなら消しておきます。すぐに戻りますが、何かあればこのベルを鳴らしなさい。メイドが飛んできます。欲しいものはありますか？」

「い、いいえ――」

突然変わったエセルバートの態度に驚くあまり、痛みも僅かに薄れてしまった。素っ気ないのは相変わらずだが、握ってくれた手は、どこまでも優しい。彼の大きな手に目蓋の上から両眼を塞《ふさ》がれると、その重みと熱で少しだけ楽になった気がした。

「我が家と懇意にしている医者は名医です。だから、何も案じなくていい」

低く冷静に告げられれば、本当に大丈夫だという気持ちが広がる。さっきまでは狼狽《うろた》えていたフェリシアも、落ち着きを取り戻していた。

「……面倒をおかけして、申し訳ありません」

「気にすることはありません。――きっと一時的なものですよ」

彼が言うならばそうかもしれない。そう思って、フェリシアは素直に頷いた。そのとき、エセルバートが表情を綻ばせた気がするのは、ただの勘違いだろうか。

「待っていてください」

「あ……」

離れてゆく温もりが寂しい。突然のことで、随分気弱になっている。そうでなければ、散々自分を苛んだ男に縋るなど馬鹿げている。そう思うけれど、フェリシアは握られていた手の温かさをそっとなぞっていた。


「以前にも、同じ症状が？　ではおそらく間違いないでしょう……両眼とも、というのが厄介ですが」

フェリシアを診察してくれた医師は、とにかく眼を休めるように告げた。特にできるだけ眼球は動かすなと忠告する。

「今のところ、明確な治療法はありません。充分な休養と滋養をとることを心がけてください」

「あの……気をつけることは、それだけでしょうか……」

処方されたのは痛み止めと炎症を抑える薬だと説明された。かつて同じもので快癒したのならば、効果は期待できると励まされる。

「この病は原因がはっきりしていないのです。ですから、私としても時間をかけてとしか申し上げられません」

「では――治らない可能性もあるということですね……」

ヘッドボードに背中を預け、フェリシアは硬い声音で呟いた。いっそはっきり言ってくれとも思うが、同時に悲観的な話を他者の口から聞きたくはない。

あの後、エセルバートは言葉通りすぐに医師を連れて戻ってきてくれた。グランヴィル伯爵家お抱えの医師は、かなり高名な人物らしく、皺だらけの手の感触は見えないながらもフェリシアを安心させてくれた。

しかし今や痛みに耐えて目蓋を押し上げても、世界の大半は闇に染まっている。僅かに残る周囲の光景でさえ、霞みがかっていて判然としない。

「そのように弱気になられてはいけません。再発して不安なのは分かりますが、早い段階でなら完治の可能性はとても高いですから」

昔も完全に治ったと信じていたのに、という台詞は呑み込んで、フェリシアは口の端を持ち上げた。耳の上、両眼を覆ってグルグル巻きにされた包帯が煩わしい。だが、光を遮断してくれるこれは、とても重要なものだ。

「大丈夫ですよ。お嬢様にはエセルバート様がついてらっしゃる。あれだけ親身になってくださる優しい方は、他にいませんよ」

「……そうですね」

複雑な心地で答えたフェリシアの耳に、荒々しく扉を開く音が聞こえた。そして足音が一直線にこちらへ近づいてくる。

「フェリシア、アシュトン子爵には連絡をしておきました。貴女が体調を崩し、絶対安静と診断されたためしばらくこちらに滞在すると。今夜はもう遅いから、様子を見にきていただくのは明日にして欲しいともお願いしてあります」

「わ、私、もう大丈夫です。ご迷惑をおかけしました。馬車を用意していただければ帰りますから……」

そこまでの面倒はかけられないと、フェリシアはベッドから下りようとした。すると、力強い腕に阻まれる。

「駄目です。医師のものではない。不覚にも慣れ親しんだ男のものによって。それに僅かでも悪化する可能性があるならば、移動などさせられない。

――私の責任ですから」

「そんな……エセルバート様は、何も。お医者様も原因は分からないと」

「私が君に与えた心労が原因じゃないと、何故言える……!?」

摑まれた腕に、痛みが走った。強く握られたせいでフェリシアは顔を顰《しか》める。けれど彼の手が小刻みに震えていることに気がついて、こぼれかかった呻きは消えてしまった。

「――エセルバート様、私はこれで」

何かを察したのか、医師は速やかに退室した。二人きりにされると、どうしても緊張してしまう。その強張りを感じたのか、エセルバートはゆっくりと手を放した。

「……すみません」

「い、いいえ」

それは何に対する謝罪だろう。骨が軋むほどフェリシアの腕を摑んだことに対してだろうか。それとも――

そうであればいいと、思った。今の彼からは押し潰されそうな圧迫感を覚えない。まるで昔の『お兄様』に戻ってくれたようだ。きちんと距離を取り、ベッドの横へ腰かけたらしいエセルバートはじっとこちらを見つめている。たとえ、見えなくてもはっきり分かる。彼の視線が不安げに、そして悲しみで揺れていることが。

「……今も、痛みますか」

「先ほど飲んだ薬のせいか、とても楽になっています。あの、それよりも申し訳ありませんが馬車を呼んでいただけますか？」

慣れた自分の部屋の方が、きっと生活には支障がない。それに、この状況はどうしても落ち着かなかった。

「それは無理です。子爵にも許可はいただきました。貴女の眼が治るまでは、私が責任を持ちます」

「そこまでしていただくわけにはいきません。お仕事だって忙しいのに……」

「それはアレンに任せます。しばらく休んでいたのですから、その分働いてもらっても構わないでしょう。元々あそこの代表者は彼なのだし」

だからつきっきりで看病すると言われても、とても『ああ、そうですか』とは受け入れられない。

「で、でも」

「それに、今診てくれた医師以上の腕は、他にいないと思います。ここにいた方が、よりよい治療を受けられる。だから大人しく世話をさせてください。フェリシアが完全に治るまで……私が貴女の眼になります」

「そ、そんなことを言って、もしも一生治らなかったらどうするのですか」

本気が感じられる声に、思わず身を引き、言い返す。内容はどうあれ、エセルバートとこんなにも長く会話が続いたのは随分久し振りだ。そのことが、奇妙な疼きを運んでくる。声のする方向に顔を向け、フェリシアは彼の吐息を感じた。予想していたよりもずっと傍にエセルバートがいる。

「……っ」

刻み付けられた恐怖が、瞬時に蘇《よみがえ》った。少しだけ解れていた気持ちが、再び固まる。震え出す指先を止められず、フェリシアは握り締めた拳をリネンに押しつけ誤魔化した。

散々苛まれた身体は、エセルバートに対して完全に萎縮《いしゅく》してしまっている。それはもう、本能に近い。条件反射と言ってもいい。理屈ではなく生理的反応で、逃げ腰になってしまう自分がいた。諦め無気力になり、何も感じなくなっていたと思っていたけれども、視力を失いつつあることで再び恐怖が強調されたらしい。

「――治るまで、傍にいます。たとえ貴女が望まずとも――」

一言ずつ句切るように告げられた言葉に含まれていたのは、沢山の感情だった。けれどそれらを拾い上げる前に、儚い音は消えていってしまう。意味を問いたくても、フェリシアの唇は動揺で閉じられたままだった。

「とりあえず、眠りなさい。欲しいものがあれば何でも用意します。ああ……ネックレスの件ならば安心してください。石は全て拾ってあります。ちゃんと、元の形に戻せるよう手配しますから。貴女のお母様のものだったとは知らず……本当にすみませんでした」

大切にされているのでは、という錯覚を起こすほど、エセルバートからは気遣いが感じられた。言葉も、態度も、細心の注意を払ってフェリシアの心痛を減らそうと努力してくれているかのように思うのは自惚《うぬぼ》れだろうか。

「眠くはありません」

それは嘘だ。酷使された身体は疲れているし、昨晩もあまりよく寝ていない。ここ最近、眠りは浅く、漸く夢の中に逃げ込めても、悪夢ばかりという日々が続いていた。だが今は、不思議にも微かな眠気を感じている。けれどこの時間を終わりにしたくはなく、思わず吐いた嘘だった。

「ではどうしましょうか――もしもお腹が空いているのなら……」

「こんな時間に、何も食べたくはありません」

放っておけば、本当に食事を用意しそうなエセルバートへ、頭を振る。

「別の薬を飲んでいるから、睡眠薬は渡せませんよ。酒も同じです」

「……エセルバート様は、普段そういったものに頼っていらっしゃるのですか？」

随分簡単に出てきた単語に眉を顰《ひそ》めた。日常的に使っているからこそ睡眠薬や酒などという発想が出てくるのではないのか。

「私のことなど、どうでもいいでしょう。それよりも、貴女はゆっくり休まねばならない」

横になるよう促され、フェリシアは仕方なく彼のベッドへ横たわった。せめて客間に移してくれという要望は、すげなく却下されている。

その際、エセルバートはフェリシアに触れようとはしなかった。掛布を被せてはくれたけれども、決して身体に触ろうとはしない。まるで、避けるように。自分を憎んでいるはずの彼ならば、こんな状況は面白いだけだろうに、労わるような素振りが不思議でならない。嘲りの感じられない気配に、フェリシアは混乱していた。

「安心してください。私は隣の部屋で眠ります。何かあればすぐに来ますが、もし女性の方がいい用事ならば先ほど言ったベルを鳴らしてください」

それじゃあ、と立ち上がろうとする彼の袖口をフェリシアは慌てて摑んだ。考えてしたのではない。ただ、反射的に動いていた。

「フェリシア……？」

「あ、あの」

自分でも、どうしてそうしたのかが分からなかった。眠れないと嘘をつきつつ、では何が欲しいのかという希望もない。そもそも自身がどうしたいのかが判然とせず、戸惑った。握ってしまった布の端を、今更離すのも何だかおかしい。フェリシアは迷った末、そのまじっとエセルバートの方向を窺った。

絡み合うことのない視線。それなのに、熱量を感じる。彼に凌辱されて以来、まっすぐ眼を見るのが怖くなってしまっていた。でも、視界を塞がれた今ならば、何も恐ろしくはない。何て皮肉なのだろう。失ったものの代わりに、小さな勇気が生まれている。

「……もう、少しだけ……」

「え？」

「その、独りにされると色々考え込んでしまうので、余計に睡魔が訪れず悪循環になるのです、だから……」

もしも一緒にいて欲しいのかと問われれば、分からないとしか答えられない。本当に、我がことながら心の内側を説明できない。

傍に寄られれば恐怖で身が竦む。触れられれば強張りもする。けれど、離れて行かれるのは心細い。誰か、誰でもいいからという心境なのかもしれない。複雑な迷路に迷い込んだようにフェリシアは胸の内で左右を見渡した。

遥か彼方までのびる入り組んだ道。いくつもの分岐がこちらを誘っている。出口があるのかも分からないが、引き返そうにも入口は遥か昔に遠ざかってしまった。今更、同じ場所には戻れない。だとすれば、前に進むしかないのではないか。

そびえ立つ壁に囲まれて、フェリシアは天を仰いだ。

「あと少し、そこにいてはもらえませんか」

「でも……私がいては、ゆっくり休めないでしょう」

弾むはずのない会話は、断続的に交わされる。それでも、耳に心地いいエセルバートの声を、もっと聴いていたかった。少し前までの温度が感じられない硬いものではない。柔らかな思い出に通じる音が、先の見えない不安を和らげてくれる。

「で、でしたら何か本を読んでいただけませんか。何もすることがないのは、心細いです」

フェリシアとしても、無言のまま彼と過ごすのは辛い。けれど、話題は何もない。矛盾する願望を持て余し、子供のような我儘を言ってしまった。だが口にした傍から後悔して、眼を覆った布の下で睫毛を震わせる。

「ご、ごめんなさい。忘れてください」

エセルバートの袖口を摑んでいた手を慌てて引き剝がすが、行き先に迷い彷徨った。戸惑う指先が落ち着いたのは、少し硬い温もりの中。そっと包み込んでくれたのは、彼の手だとすぐに分かった。けれども、それは一瞬。大きな手の平は、避けるように去ってゆく。

「……いや、何を読んで欲しいですか？」

「え、ええっと……」

正直、何も思い浮かべてはいなかった。最近読んでいたのは、騎士と王女様の美しくも儚い悲恋のお話。色々あって、あと数頁を残したまま放置していた。まさかそれの続きをエセルバートに読んで欲しいとは言えない。そもそも、この屋敷にはそんな俗物的な書物は置いていないだろう。

「といっても、あるのは歴史書や美術書……あとは経営学などばかりだけれど」

「そうですよね、変なことを申し上げてすみません」

調子に乗っておかしな題名をあげなくてよかった。ほっと息を吐きながら、フェリシアはリネンの上に指先を滑らせる。無意識の行動は、何かを探しているようにも、危険なものが傍にいないことを確かめているようでもあった。左右に掻いた手に、何も触れないことで感じたものが何だったのか、胸によぎった感情の名前を、今はまだ考えたくはない。

「希望のものがあれば、取り寄せますよ」

「そんな……お医者様を紹介していただいただけで充分ですから、もう私のことはお気になさらず」

引き留めたのは自分だということも忘れて、フェリシアは両手を振った。エセルバートが黙り込み、急に沈黙が耳を圧迫してくる気がする。その重みに耐えきれず、フェリシアは顔を背けた。

――衣擦《きぬず》れさえ聞こえないのに、どうしてこの人はこんなにも存在感があるのだろう。

「……ごめんなさい、やっぱり一人に、してください。何だか眠くなってきました」

口をついたのはまた嘘だった。眠気など、既にどこかへいってしまっているし、頭の中がもやもやして、とても眠りなど訪れてくれそうにはない。だが、エセルバートに背を向ける形で寝返りを打つ。

「おやすみなさいませ。今夜はこちらにお世話になります。明日、父が参りましたら一緒に帰りますから――」

きっぱり今日だけだと意思表示をし、口を噤んだ。もう何も話すつもりはないという無言の主張が通じたのか、彼はしばらくベッドの隣に座っていたが、諦めたように立ち上がる。

「おやすみ、フェリシア。――――いい夢を」

フェリシアはエセルバートが部屋を出ていく気配に耳をそばだてた。全身全霊で足音を追い、遠ざかってゆくのを確かめる。やがて扉が閉じられ、本当の静寂が訪れれば、いつの間にか詰めていた息を吐き出していた。

「……夢なんて……どうせ悪夢でしかないわ……」

その呟きに応える声はない。吸い込まれるように虚空に消えていった自分の声が、一層寂しさを強調した。慣れない空間。慣れない暗闇。それでも、鼻腔を擽る香りだけは、覚えがある。

このひと月にも満たない間に、不本意ながら馴染んでしまったエセルバートの香り。寝具は勿論、部屋全体から香ってくる気がする。それは決して嫌いなものではなかった。むしろ、視覚を閉ざされたことで嗅覚が鋭敏になったのか、より心地好く感じる。

すぅ……と鼻から息を吸い込んで、フェリシアはゆっくり吐き出した。

きっと今夜も眠れない。隣の部屋にいると言った彼はどうしているだろう。おそらく、エセルバートも眠るつもりはないのかもと思った。フェリシアは見えるはずもないのに頭を巡らせ、隣室に続く壁側を向いた。グランヴィル伯爵家の屋敷はしっかりした造りなので、物音など響いてはこない。それでも、耳を澄ますのをやめられなかった。

7　真夜中の散歩

翌日、夜明けとともにやってきた父は、フェリシアの様子を見て少なからず衝撃を受けたようだった。

包帯で眼を覆いヘッドボードに寄り掛かって座る娘に、かつての悪夢を思い出したのだろう。涙ながらに握ってくれた両手は、震えていた。

「……何故、またこんな……」

「――申し訳ありません。全て私の責任です」

深々と腰を折るエセルバートへ、父が慌てて立ち上がった気配がする。ガタンと鳴った椅子の衝撃が、フェリシアにも伝わってきた。

「そんな、とんでもない。この子は以前にも同じ病にかかりましてね……そのときも原因は分からないと言われました。でもおそらく、ここ最近のアレンの件で負担をかけていたのでしょう……」

フェリシアは一瞬、父がエセルバートとのことを全て知っているのかと身を固くしたが、そんなはずはない。続く、『お前のことにまで気が回らなくて済まなかった』という謝罪でほっと息を吐き出した。

「お父様、誰のせいでもないの。だからそんな風に気に病まないでください」

「いいえ。私の咎《とが》です。――フェリシア様に無理をさせました」

「エセルバート様……!?」

まさか、二人の関係を暴露するつもりだろうか。そんなことをされれば、お互いに大きな傷を負う。「やめて」と叫びそうになったが、それよりも早く父の言葉が遮った。

「仕事の手伝いの件でしょうか？　確かに慣れない作業ではあったかもしれませんが、この子はその程度で音を上げるようなひ弱な子ではありませんよ。内向的で口数は多くありませんが、芯はしっかりしていますから」

「お父様……」

父がそんな風に自分を見てくれているとは知らなかった。こんな状況なのに嬉しくなり、フェリシアの頬は綻んだ。

「――はい。知っています。フェリシア様は意志の強い女性です。ただ、それを上手く表現できない不器用さと奥ゆかしさを持っているだけで」

肯定するエセルバートに戸惑う。褒められて、いるのだろうか。それとも皮肉や、父の前でのお世辞なのか。どう反応してよいのか分からず、半分以上自分の表情が隠されていることに、フェリシアは内心ほっとしていた。

「この子のよさを分かっていただけますか」

「ええ。勿論です。アレンと同じで、私に人の温かみを教えてくれた人ですから。――子爵、先ほどの話なのですが、やはりフェリシア様が完全に治られるまで、ここに滞在していただく方がよいのではないでしょうか」

「ですが、そこまでしていただくわけには……それになにぶん、お互い未婚の若い男女ですし……」

　言い淀む父の主張は尤もなものだった。グランヴィル伯爵家には今日もエセルバートの両親の姿はない。そんな状態で他人である若い娘のフェリシアが滞在するなど、あらぬ噂が立っても不思議はなかった。

「ご心配でしたら、付き添いの夫人をお願いします。事前に病気療養中であると公言してしまえば、何も問題はないでしょう。それに、アシュトン子爵家は今、アレンとリースリア様の婚姻に向けて立て込んでいらっしゃる。人の出入りも多い。とてもゆっくりと休養できる状態ではないと思います。喜ばしい式に向けて、病人がいるというのを悪《あ》しざまに語る者が出る可能性だってあるのではないですか？　足を引っ張ろうとする輩に対して、今はどんな隙も見せるべきではありませんよ」

並べ立てられた内容に、父は押し黙った。確かに、このままグランヴィル伯爵家へ留まった方がフェリシアにとってはよいのは事実だ。一流の治療は受けられるし、喧騒からは引き離される。何よりも、グランヴィル伯爵家とアシュトン子爵家の間には何の蟠《わだかま》りもなく、むしろ後ろ盾になっていると、方々に知らしめられる。だが――

「お父様、私は屋敷に戻りたいです……」

「治療費は、当然全てこちらで持ちます。大切なご令嬢をお預かりするのですから」

フェリシアの言葉に被せるように発せられたエセルバートの声に、父の「そんな」という答えが返された。実際、あまり裕福とは言えないアシュトン家としては、このままフェリシアを連れ帰っても充分な治療が受けられるかは疑問だ。アレンの結婚に金もかかる。父として、一貴族として、悩むのは当然だった。

「ですが……そこまで甘えるわけには……」

「甘えではありませんよ。アレンは私の親友です。色々ありましたが……縁が切れてしまうのを望んでいるわけではありません。それに、フェリシアがこうなったのは、やはり私の責任だと思っています。ですから、償う機会を与えてはいただけませんか」

「いや、でも――」

エセルバートの真剣さに呑まれたのか、父が再びフェリシアのベッドの横へ腰かけた。

「医師が言うには、運動などをして体温が上がると眼の痛みが増加することもあるそうです。長い距離ではありませんが、馬車の移動が苦痛になるかもしれません。振動がどう影響するかも分かりませんし」

「なるほど……」

父の思いが傾きかけていることを察し、フェリシアは慌てて父の方へと身を乗り出した。

「お父様、私なら大丈夫です。ですから……」

「すまない、フェリシア。正直なところ、今屋敷の中は人手が足りないんだ。色々とやるべきことが増えていてね。だから、お前の看病も行き届かないかもしれない」

「そんなこと、平気です。長年暮らしていた自分の部屋ですもの。間取りだって把握しているわ」

置いていかれまいと必死に縋る。だが軽く頭を撫でられ、いなされてしまった。

「エセルバート様のおっしゃる通り、ここで療養させてもらいなさい。せめて、もう少し容体が改善するまでは……それまでには、屋敷の方も落ち着いているだろう」

「お父様……！」

ここに留まりたくない本当の理由など言えない。全面的にエセルバートを信頼している父には、フェリシアの懇願が遠慮と映ったらしい。

「では、任せていただけますね？」

「はい、どうぞよろしくお願いいたします」

「待って……！」

「また来るよ、フェリシア。大丈夫、きっとすぐによくなる」

追った指先は、父を捉えることはできなかった。去ってゆく靴音と閉じられる扉の音。見送るのか、エセルバートも部屋から出ていった。そうなれば、フェリシア独りきりが残される。

「……お父様……」

しばらく、呆然と座っていた。見捨てられたのではないことは分かっている。けれど、連れていって欲しかった。ここに残される意味を考え、身体の震えが止められない。昨晩のエセルバートの様子からすれば、酷いことはされないと思う。けれど、それさえ彼の気まぐれだったらどうしよう。また、欲望のへ捌け口として乱暴にされたら。

優しさの片鱗を見せてから突き落とす。そうしてフェリシアをズタズタに切り裂くつもりなのかもしれない。

……どれだけそうしていたのか、フェリシアは間近に他者の熱を感じて飛び上がった。

「ひ……ッ？」

「……ああ、すみません。髪についていた糸くずを取ろうとしただけです。——もう触りませんから、安心してください」

「エ、エセルバート様？」

彼が戻ってきたことに、全く気がつかなかった。それだけ物思いに耽っていたのか。

「ち、父は」

「もう帰られました。明日また、時間を作っていらっしゃるそうですよ。それよりも、喉は渇いていませんか」

「いいえ……大丈夫です」

エセルバートがベッドの横に置かれた椅子に腰かけたのを感じ、僅かに緊張した。ふ……と空気の流れを感じる。まるで、誰かが溜め息か自嘲の笑みを漏らしたような。

「……？」

怖々彼の座る方向に首を向けても、当然ながら何も見えない。沈黙されては、様子を窺うことさえ難しい。フェリシアは結局、俯くことしかできなかった。

「――私がここにいては不快ですか」

「そ、そんなことは……」

自分の中でも整理できないことを聞かれても困る。どう返せばいいのか迷ったが、続かない言葉をエセルバートは勝手に解釈したらしい。

「……分かりました。後で話し相手でも手配しましょう。それから編み棒と毛糸も。あれなら手探りでも時間を潰せる。貴女は得意だったでしょう？」

「あ、……っ」

立ち上がろうとする彼を、引き留めたいと思った。理由など分からない。それでも、このまま行かせてしまってはいけないと、身の内から何かが叫んだ。

その思いが何かに通じたのか、さっきは何も摑めなかった手が、エセルバートの腕を捉えていた。指先に感じる彼の服の感触に驚いたのは、フェリシア自身だ。慌てて放したが、心臓は痛いほどに高鳴っている。

「こ、これは……っ」

「編み物は好みませんか。ならばそうだな……音楽はいかがです。楽師を呼んでもいいし、他人に会うのが嫌ならオルゴールを購入してもいい」

彼はフェリシアが別のものを要求していると思ったのか、再び腰を据えると考え出した。

「それとも、貴女の好きな食べ物を用意させましょうか。うちのコックの腕は素晴らしい。きっと満足します。……それも、違うのですか」

無言のまま頭を振るフェリシアに、エセルバートの落胆した声が落ちる。どうすればいいのか分からないという迷いが如実に伝わってきた。それはフェリシアも抱いているものだから。

「何も……いりません」

「それは、私からはどんなものも受け取りたくはないという意味ですか」

「違います……！」

リネンを握り締める拳が震える。言葉が、上手く出てこない。

「ならば、どうして欲しいのです」

はっきりとした要望など描けない。独りにしないで欲しい。でも触れられるのは怖い。そんな混乱したままの本心を、どう告げればいいのか教えてくれる人はいなかった。このまま黙っていては、エセルバートを怒らせてしまう。そう焦り出したとき――

「お願いです、教えてください。貴女の心を聞かせて欲しい……」

弱々しい懇願に息を呑んだ。微かに沈んだベッドの右側に、彼が肘をついたのを感じる。頬杖をついたとか、そんな雰囲気ではない。両方の腕を揃え、乗り出した形は、まるで祈りを捧げているようだ。組み合わせた手を額にあてて、懺悔《ざんげ》するかのように頭を垂れている。――そう、感じた。

「エセルバート様……？」

「これはきっと罰ですね。だが、本当なら私が背負うべきもの。神は人の弱い部分を熟知しておられる。どうすれば罪人が悔い改めるのか、一番効果的な方法をくださった……」

それはいったいどんな意味なのか。

今すぐ、この煩わしい包帯を取り去ってしまいたかった。そうして、彼がどんな表情をしているのかを確かめたい。声だけで交わされるやり取りはもどかしく、お互いの全てを伝えてはくれない。でもどうしても、エセルバートの真意を確認したいと思ってしまった。そのためには、目隠しが邪魔だ。

「何をしているのですかっ」

無意識に結び目を解こうとしていたフェリシアの手は、大きな手で押さえられていた。その熱さに驚いて、弾かれたように振り払う。

「嫌っ……！」

「……っ！」

乾いた音と共に手の平には痛みが走った。沈黙は、耳に痛い。やってしまった、と悟ったときにはもう、彼の気配が遠退いていた。

「あ、の……」

「……また、後で様子を見にきます。食事は全てここへ運ばせるので、心配しないでください」

今度こそ、かける言葉は見つからない。伝えるべきものが、フェリシアの中にはないからだ。いや、それらは今も泥の中に沈んでいて、片鱗さえ見せてくれない。だから、自分の心の内をいくら覗き込んでも、何一つ浮かんできてくれなかった。

重々しく響く扉の開閉音に、エセルバートの苛立ちが含まれているように感じる。フェリシアは虚脱した手足を投げ出し、去ってゆく彼の気配を追っていた。

何を、すればよかったのだろう。告げるべき言葉は何だったのか。いつも失敗ばかりしているから、正解が分からず身動きが取れない。理解しているのは、自分がエセルバートを不快にさせているらしいということだけだ。あらゆることが、裏目に出てしまう。子供の頃は、もっと色々なことが簡単だった。いつの間にこれほど複雑になったのか、考えてみても答えは見つからなかった。

抱く好意の種類を区別する必要がなかった頃。『好き』という気持ちだけあれば、幸せになれた。『家族』として『人』として『異性』として。全部同じ場所にそれらはあった。大切と言い換えてもいい。そこには優劣もなく、順位もなかった。単純に『宝物』として心の中で輝いていた。その中に、確かにエセルバートはいたはずなのに。今は、こんなにも遠い。

……そのまま、どれくらい時間が過ぎたのか。数分かもしれないし、数時間経ったのかもしれない。時間の感覚は既にない。控えめなノックの音にフェリシアは気がついた。

「どうぞ……？」

「し、失礼いたします。フェリシア様……」

おずおずといった様子で部屋に入ってきたのは、声からして年若い娘のようだった。不思議に思い首を傾げると、彼女の足音が近づいてくる。

「わ、私、エセルバート様に命じられてフェリシア様のお世話をすることになりました。

それで、その……年齢も近いからいい話し相手になるだろうと……あ、私の名前はライナと申します」

「エセルバート様が……？」

たどたどしい喋り方には緊張感が漲《みなぎ》っていた。それに、あまり身分が上の者と話し慣れていないらしい。

「そんなに怯えないで。そのためにきてくれたのね、ありがとう」

「い、いいえ。何でもお申しつけください」

ライナが何度も頭をさげている気配に、フェリシアは包帯の下の目尻をさげた。同年代の女性と話をするのは久し振りだ。社交界では言葉の裏を探り合うばかりで、くだけたお喋りなどできない。だから積極的には参加してこなかったため、フェリシアの友人は少なかった。

「どうぞ。椅子にお座りになって」

「え、でも……」

迷う彼女は職務に忠実で真面目なのだろう。仕事中にお喋りのためだけに腰かけるということに罪悪感があるらしい。再度フェリシアが促せば、やっと小さく了承の意を示した。

「……あとでメイド頭様に怒られてしまいますぅ……」

「私が話さなければ、誰にも知られないわ。大丈夫、二人だけの秘密だもの」

フェリシアが人差し指を唇の前に立てれば、ライナの控えめな笑い声が聞こえてきた。僅かながら、距離が縮んだ気がする。

「グランヴィル伯爵家では、使用人の規律が厳しいのね。ほとんど屋敷内で姿を見かけないし……」

「あ、はい。伯爵様のご意向で、極力視界に入らないよう言われています。ですから、私もこんなふうに貴族の方と直接言葉を交わすのは初めてで……」

「そうなの……」

一晩滞在してみると、異様なほどの静けさがより鮮明になっていた。普通、朝はそれなりに人の気配がする。メイドたちが掃除や洗濯、主人の手伝いと動き回り、キッチンでは食事の準備や下ごしらえに追われるものではないか。アシュトン子爵家では、もう少し活気があったような気がする。だが、規模で言えば比べものにならない人数がここでは働いているはずなのに、とにかくシンと静まり返っているのだ。

ひょっとしたら、フェリシアを慮《おもんぱか》ってこの部屋の周りだけ人払いをしているのかもしれないが、漂う空気だけは誤魔化しようがない。冷たく凝《こご》ったそれは、人の住まなくなった廃墟に通じるものがあった。

「私たちは無駄口も厳しく叱責されますから、ほとんど会話をしません。必要最低限の業務連絡のみです。だから、静かなのかもしれませんね。奥方様が静寂を好まれるので

「……」

「そういえば、伯爵様も奥様もまだお会いしたことがないのだけれど、お二人はあまりこちらには帰られないの？」

「はい。別にお屋敷をそれぞれ持っていらっしゃいます。こちらに戻られるのは年に数回でしょうか。もう何年もそういった感じですし、私は勤めてまだ数年なので存じ上げませんが、エセルバート様がお生まれになった頃にはもうそうだったと聞いております。でもお二人とも厳しい方なので、不在のときもご命令は絶対です――って、私ペラペラと喋りすぎですね、申し訳ありませんっ」

謝罪するライナに「私が聞いたのだから」と顔をあげさせ、フェリシアは想いを巡らせた。

だとすれば、もうずっとグランヴィル伯爵家はこの状態なのだろうか。彼は、こんなに寂しい屋敷で育ったのか。人の気配の乏しい、息をするのも躊躇われる静寂の中で。

名状しがたい感慨が胸を刺す。同情なのか。嘲笑なのか。

初めてエセルバートに出会った頃、彼はどこか寂しそうだった。アレンが太陽ならば、彼は月。そんな印象をフェリシアに抱かせたのを覚えている。笑顔を浮かべていても、青紫色の瞳には寂寥が漂っていた。そんな悲しい眼をした人を、他には知らない。幼心にも、自分たちはどこか似ていると思った。

けれど、フェリシアには叔父がいてくれた。だから、エセルバートがアレンと意気投合したのもよく分かる。

迷路の中、行き先を見失った者は天を仰がずにはいられない。対照的な光に満ちた存在に憧れ、惹かれてゆくのだろう。

「……もっと、何か話してくれる？」

「はい。えぇーっと……でも何を話しましょうか？」

出会ったばかりの、それも立場が違うフェリシアとライナには共通の話題などあるはずもなかった。すぐに行き詰まった会話は、当然の帰結としてエセルバートのことになる。

「エセルバート様は本当にご立派な方です。いつでも紳士然としていらっしゃいますが、私たち使用人にも気を配ってくださいます。この前はメイドの一人が出産のため退職したのですが、その際お祝いをくださったのですよ。こんなこと、他のお屋敷ではありません。その点が伯爵様や奥方様とは違うと、皆、尊敬申し上げております。……って、また私余計なことを……！」

一歩間違えれば主人への陰口になると気がついて、ライナは大慌てで口を噤んだ。根が素直なのだろう。彼女の裏表のなさそうな人柄に好感を抱き、フェリシアはライナを自分につけてくれたエセルバートへ感謝の念を抱いた。暗くなっていた気持ちが少しだけ浮上する。

けれども同時に切なさも覚えた。

――もうあの人はこの部屋に来るつもりがないという意思表示なのかしら……？

ライナが有能なのは、彼女がお喋りに興じながらもフェリシアが座りやすいようクッションを整えてくれたり、さり気なく飲み物を用意してくれたりしたことからも分かった。ライナに任せておけば大丈夫だと、彼は判断したのだろう。だとすればエセルバートがわざわざ今後ここへ足を運ぶ理由はない。

――そうよね。怒っていらしたもの。嫌いな相手にここまでしてくれただけでもありがたいと思わなくちゃ……

その後は結局、他愛無いお喋りをし、食事を運んでくれたのも介助してくれたのもライナだった。体温があがるのは好ましくないと入浴は許してもらえなかったけれど、身体を拭いてくれ、手足のマッサージまでしてくれた。至れり尽くせりとはこのことで、ほぼつきっきりで献身的に世話をしてくれるのには頭がさがる。流石に夜は別だが、何かあれば呼んでくださいと言い置いて、彼女は部屋を出ていった。

そしてフェリシアの予想通り、その日からエセルバートが顔を出すことはなくなった。隣室から、微かな気配を感じることはある。廊下を歩く足音に耳をそばだて、この部屋の前で立ち止まらないかと探ったことは、幾度あっただろう。だが、彼はこない。同じ屋敷に暮らしながら、いないも同然の日々。ゆっくりゆっくり降り積もるこの感情につく名前は何なのか。

今日もエセルバートはフェリシアに会いにはこないまま夜も更けた。去り際にライナが教えてくれた時刻ならば、もう眠ってもおかしくはない。けれど、ベッドに横たわったままフェリシアは起きていた。眠気は今夜もなかなか訪れそうにはなく、一人でそうしていると、自分という存在が本当にいるのかどうか曖昧になる気がする。ひょっとして、自我だと思っているものさえ、幻なのではないかと感じてしまった。

初めの頃は動揺が激しくて、余計なことを考える余裕はなかったが、数日経つと少しずつ冷静になってくる。それに、考える時間はいくらでもあった。

手の平を握り締め、また開き、自分の顔に触れてみる。両眼を覆う布の縁を辿り、こめかみから耳の形までを確かめた。そうして、微かな安堵を得る。

――『私』はちゃんと生きているのよね？　ここにこうしているでしょう？

誰かに傍にいて欲しい。不安に喰い尽くされそうな心が寄り添ってくれる相手を求めた。アレンの顔が浮かび、フェリシアは必死に打ち消す。もうあの人が隣にいてくれることはないのだ。これからは、独りで頑張らなければならない。でも――

次に浮かんだのは、何故かエセルハート。それも、最近嫌というほど見せつけられた無表情や怒りに歪んだものではない。昔の、穏やかな眼差しと微笑みだ。

――私は……あの人に傍にいて欲しいの……？　怖いと感じているのに……？

答えのない迷いの中で、深い溜め息を吐き出した。

せめて夢の中では、悪夢に出合わなければいい。短い時間でもいいから安らぎが欲しい。

フェリシアはゆっくりと呼吸を整え、身体の力を抜いた。


大丈夫だよ、と彼は言った。

いや、正確には指先で告げた。フェリシアの小さな手の平に刻まれるスペル。きちんと通じるように、一文字ずつ丁寧に書いてくれた。

少しだけ擽ったくて、フェリシアは声に出して笑う。眼の病を患ってから、こんなふうに楽しい気持ちになったのは初めてだった。アレンがお見舞いにきてくれればいつだってホッとしたが、今はもっと嬉しい。それはきっと、ただお喋りするよりも親密な空気が二人の間に生まれたからかもしれない。

ある日突然、瞳の奥に痛みを感じるようになってから、片眼が見えなくなるまでそれほど長い日数はかからなかった。残った片方の眼も引きずられるようにして同じ症状が現れたとき、父は慟哭《どうこく》した。僅か八歳になったばかりの娘。既に母親はなく、どう接すればいいのか分からなかったのだろう。次第に以前よりもっと距離を置かれ、フェリシアは独りぼっちでベッドに横たわるしかなかった。

同居していた叔父のアレンだけが頻繁にこの部屋へ訪れてくれる。それだけが日々の拠り所だったが――十日前、彼はたちの悪い風邪をひいてしまったらしい。当然、フェリシアとは引き離され、治療のために隔離されたと聞く。

誰も見舞いにきてくれなくなったフェリシアの落胆は激しかった。食欲は落ち、眼に見えて顔色は悪くなった。元々少ない口数は更に減り、何をする気力もないまま毎日を浪費する。

何も食べたくはないのに、喉が渇くのは不思議なものだ。その日も、使用人の手を煩わせたくなくてフェリシアはベッドを抜け出し手探りで水差しを探していた。

けれども見つけたと思った瞬間、水差しは手の中から滑り落ちていた。ガチャンと派手な音を立て、割れるガラス。ぶちまけられた水。下手に身動きすれば、砕けた破片で怪我をするかもしれない。助けを呼ぼうにもベルまで無事に辿りつける気がしない。途方に暮れたフェリシアは、ただ立ち竦むことしかできなかった。

そのとき、大きな音と共に突然扉が開かれた。驚いたのは言うまでもない。おそらくガラスの割れる音を聞いて心配してきてくれたのだろうが、ノックもなしに急にフェリシアの部屋に押し入る使用人などアシュトン子爵家にはいない。だとすれば、あり得るのは一人だけだった。

「叔父様！」

やっときてくれたのだとフェリシアに歓喜が広がった。風邪はもう大丈夫なのかと、答えも聞かず矢継ぎ早に質問してしまう。

「私、ずっと待っていました。勿論心配もしていましたが、寂しくて……」

ぼろぼろとこぼれた涙が、包帯に吸われてゆく。会いたかったと繰り返していると、入室してきた彼はフェリシアを抱き上げ、そのままベッドへ運んでくれた。そして、手の平へ指先を滑らせる。

『ごめんね。まだ風邪が治りきらなくて、上手く声が出せないんだ』

「え？　声が出せないなんて……そんな大変な状態なのに、私に会にきてくださったのですか？」

叔父の優しさに胸が熱くなる。感激したフェリシアは、無邪気に彼へ抱きついた。

「嬉しい、叔父様」

「……っ」

ビクンっと一瞬身体を強張らせた彼は、小さく息を詰めた。そのとき、微かに香った芳香に、フェリシアは首を傾げる。

「叔父様、香水を変えられましたか？　それに、少しだけお痩せになったみたい……」

いつもとは違う感覚に疑問を抱いたが、よく考えてみれば彼は病みあがりだ。多少の変化があっても不思議ではない。黙り込んだ叔父にフェリシアは笑顔を向ける。

「でも、お元気になられて本当によかった……今年の風邪は長引くと聞いたので、どうしていらっしゃるかと毎日考えていました」

ややあって、彼は再びフェリシアの手に指を走らせた。

『心配をかけてすまない。フェリシアも安静にしていたかい？』

「勿論です。することなど、叔父様がいらしてくださらなければ何もありませんし……」

口にしてしまってから、恨み言めいていたと反省した。フェリシアは慌てて「でも、体調が万全ではないのに今日きてくれたのが嬉しい」と感謝を告げる。そうして思う存分彼に甘えた。

憧れの叔父様。父よりも近しい存在。無条件に自分へ優しくしてくれる人を、好きにならないわけがない。『家族としての親愛』はこの日から少しずつ形を変えた。そして、筆談と気配での交流が回数を重ねる度に、フェリシアの中でその想いは日増しに強くなっていった。

柔らかな夢の中で、過去を思い出す。

フェリシアは久し振りの穏やかな眠りの中で、大切な記憶を再現していた。

あのときから、『特別』なのは一人だけ。他の誰にも代えられない大好きな人。会いたい。会いたくて堪らない。でも——

さらさらと髪を撫でられる感触がある。優しく梳かれ、頬や目蓋にもそっと触れてくる何か。まるで壊れ物を扱うように細心の注意を払い、フェリシアの形を確かめていた。

「……ごめんね」

どうしてか、今見ている夢とその声が混じり合う。あのときには聞いたはずもない声が、耳から侵入した音で再現された。

『ごめんね』

――何を謝っているの？　風邪をひいてしまったのだもの。お見舞いにこられなかったのは仕方ない。それとも、別の何かを許して欲しいの？

繰り返される謝罪に「もう、いいよ」と言ってあげたい。けれども、フェリシアの身体は完全に眠ったまま、ピクリとも動いてはくれなかった。その間にも、涙交じりに重ねられる言葉。降り積もる詫び言に溺れそうになる。そして気づいてしまった。彼は一度も「許して欲しい」とは口にしない。自らの罪深さを嘆きはしても、救われることを求めてはいなかった。そのことが堪らなく悲しい。誰も貴方を責めはしないとどうして言ってあげられないのだろう。

吐息が近づく。きっともう少しで、唇が触れる。額か頬か。それともこの唇へか。期待に震えた胸は、けれどもすぐに落胆に沈んだ。

離れてゆく温もり。気のせいか、懐かしい薔薇の香りがフェリシアの鼻腔を掠《かす》めた。

目が覚めると、相変わらず暗闇のままだった。眠った時間はさほど長くもないと思うが、久方ぶりに深い眠りだったのか、とても頭はすっきりしている。

フェリシアは何気なく周囲を窺ったが、当然ながら誰もいない。上半身を起こして腕を広げてみたが、届く範囲には何もなかった。

「夢……」

ついさっきまで、誰かが傍にいてくれた気がする。夢の中でなら、アレンが。けれども今は独りだ。当たり前のことなのに、何故こんなにもがっかりしているのだろう。あまりに鮮明に昔を思い出していたから、嗅覚までが刺激され、ありもしない幻を嗅いだのか。

俯き、もう一度枕へ頭をおろそうとしたとき、フェリシアははしたなくも鼻を鳴らした。微かに漂う花の香り。この部屋には、万が一フェリシアが倒しては大変だからと、花瓶などは置かれていない。それなのに、確かに甘く濃厚な芳香が残っていた。

「……！」

やはり、誰かがこの部屋にいたのだ。そしてフェリシアにひたすら謝罪していた。

――まさか、叔父様？

そんなはずはないと知りつつ、夢と混同してしまう。いくらエセルバートと親友でも、他人がこんな時間に易々と伯爵家に立ち入れるわけがない。だとしたら、可能性があるのは——

ごく自然に、フェリシアはベッドから足をおろした。頭では何も考えていない。ただ消えゆく残り香を追い、裸足の足を絨毯《じゅうたん》に沈めた。長い毛足に埋もれ、摺り足のまま前へ進む。室内履きは履かない。どこにあるのか分からないし、このままの方がきっと危なくないから、足の裏全体で感触を確かめ、一歩ずつ慎重に歩いた。

突き出した両手を暗闇に泳がせ、視覚以外の五感を駆使して薔薇の香りを追う。目的なんて分からない。匂いの出どころを突き止めたところで、いったい何になるのかも。そもそも嗅いだと感じたことさえ夢の続きなのかもしれない。だが、フェリシアは立ち止まれなかった。

踏み出すごとに迷いは生まれる。不自由な今の状態では、普段ならば何でもないものが障害となって立ち塞がった。もしも、危険なものが落ちていたらどうしよう。足を滑らせたら、頭を打ってしまうかもしれない。怪我をしても、自分ではそれを確認さえできないなんて。けれど、それでも。

——私は……何を期待しているのだろう……

この先に、もしも辿りつければ望む答えがある気がする。逸る気持ちが踏み出す歩を乱れさせた。

「ぁ……っ」

ぶつかった、と思ったときには身体が傾《かし》いでいた。立て直そうとあがいたが、今度は別のものを踏んでしまい、腕は何も摑めぬまま宙を搔く。

「……きゃぁッ」

幸いにも転がった先には分厚い絨毯しかなく、思ったよりも衝撃は少なかった。けれど、真っ暗闇の中で転んでしまった驚きと恐怖から、そのままの姿勢で固まってしまう。ドクドクと暴れる心臓が煩《うるさ》い。嫌な汗が額を伝い、指先は小刻みに震えていた。

「……痛い」

とりあえずは、無事だ。でも膝が痛い。それが、何だか無性におかしかった。

痛みを感じるというのは、生きている証拠。勿論フェリシアだって苦痛が好きではないけれども、自分の存在さえ曖昧になる漆黒の闇の中では、一筋の光明に思えた。少なくとも、この肉体は生きている。そして、転びたくないとあがいたのは、怪我をしたくないという思いの表れだ。つまりフェリシアはまだ何も諦めてなどいない。

「……私、ちゃんと生きているじゃない」

「フェリシア、大丈夫ですか!?」

独り言を呟いたのと同時に、部屋の扉が開け放たれていた。足早に飛び込んできた相手が誰であるかなど、問うまでもない。

「エセルバート様……」

すぐ脇に、彼が膝をついたのが分かった。そして何度も躊躇いながら手を伸ばされるのも。

「どうして、こんな無茶を……用があるなら、ライナを呼べばいいのに」

「ライナだって、今はお休み中でしょう。私、自分でできることは、自らしたいのです」

そうは言っても、結局は彼に助け起こされている。エセルバートに支えられ立ち上がったとき、フェリシアは何の気負いもなく彼に身を預けていることに気がついた。

「あ……」

震えも強張りもない。しかし、フェリシアの声でエセルバートは我に返ったのか、彼は弾かれたように距離をとった。

「すみません。ベッドは後ろに七歩ほど歩いたところにあります」

まだ鳥たちの声が聞こえないから、きっと夜は明けていない。エセルバートは、フェリシアの異変に気がついてわざわざ夜中に起き出してくれたのか。それとも、最初から眠ってはいなかったのか。――きっと、後者だと何故か思った。

すぐ前に彼は立っている。だがとても遠い。それを縮めようと伸ばしたフェリシアの手は、躱《かわ》されてしまった。届く直前でエセルバートが身を引いたのが空気の流れで察せられる。

「……私、少し歩きたいのです。ご案内くださいますか」

「何を言っているんですか？　こんな時間に」

「時間など、私にはあまり関係ありません。それに、昼間では明るさが辛いときもあります。ですから逆にこの刻限の方が都合がいいのです。ずっと横になったままでは、足腰がなまってしまうわ。どうしても今、散歩したいのです」

たとえ一人でも行く、と態度で示せば、エセルバートは付き添うことを渋々了解してくれた。ただし、疲れないように僅かな時間だけと約束させられたが。

「――ここから、階段になります。気をつけて」

「はい……」

手すりを両手で摑んで慎重におり、曲がり角や段差がある場所は彼が丁寧に言葉で教えてくれた。昼間より尚静かなグランヴィル伯爵邸の中は、空気の騒《ざわ》めきさえ耳に痛い。二人分の足音だけが響き、夜が重く纏わりついてくる。その中を、並び立って歩いた。

肩口にエセルバートの熱を感じ、どうしてもそちらへ意識が引き寄せられる。決して触れないことが、反対に彼を浮き彫りにしていた。

「……どこか、行きたい場所があるのですか」

「そうですね……」

特別目的地があったわけではないので、フェリシアは言い淀んだ。暫し迷い、再び薔薇の香りを嗅いだ気がする。

「庭園へ……薔薇の生け垣がありましたよね。そこを散歩してみたいです」

あそこは大切なハンカチを傷つけてしまった嫌な思い出に染められている。でも幸か不幸か、今は何も見えない。それならばきっと、大好きな香りだけを純粋に堪能できるだろう。

「……分かりました」

半歩先を行ったエセルバートが扉を開き押さえていてくれる。導かれるまま外に出て、フェリシアは久し振りに外の空気を吸い込んだ。

冷えた空気が肺を満たす。澄み切った夜の気配の中に漂う甘い匂い。風がないせいか、より濃厚に薔薇が咲き誇っているのを感じた。

「寒くはありませんか？」

「平気です」

むしろ、深夜に屋敷の外に出るという冒険に興奮している。たかがそれだけと思われようとも、今までのフェリシアからは考えられない暴挙だ。上気した頬は暑いほどで、深く呼吸を繰り返して冷静さを取り戻す。

「そこから石畳になります。気をつけて」

「あ……」

爪先が石と石の境目に引っかかった。見えていれば何ということもない隙間も、視力を失っている者にはきつい。よろめいたフェリシアの身体を、逞しい腕が支えてくれた。

「す、すみません」

「いや……」

「あの、このまま手を繋いでいてくれませんか？　その方が、怖くないから……」

離れようとするエセルバートを捕まえ、ぐっと顔をあげた。絡むはずのない視線が、合わさった気がする。彼の戸惑う様子が手に取るように分かった。

「だが……貴女は、私に触れられたくはないでしょう……」

「……そうかもしれません。でも……このまま闇雲に歩くのは、もっと怖い」

夢と薔薇の香りに惑わされたのかもしれない。一時的な魔法にかかり、冷静な判断力を鈍らせているのかも。でも今のフェリシアにとっては、縋れるのは彼の温もりだけだ。夜が明けて全てが幻に溶けてしまっても、構わなかった。

「お願いします。手を引いて」

嫌われていてもいい。今夜、一夜限りの優しさであっても。

きっと彼の表情が見えていたら、こんな大胆なことは言えなかった。自分でも驚くほど、素直な要求が口をつく。一度言葉にしてしまえば、心理的な枷が外れたようにフェリシアはエセルバートの手を強引に握っていた。

「こうしていれば、たとえ私が足を滑らせても、助けていただけるでしょう？」

闇の中で微笑みを彼は捉えられただろうか。自然に綻んだフェリシアの唇からは、笑い声さえ溢れていた。

「行きましょう」

目の見えない自分が先導するのは奇妙な感じだが、グイッと手を引いたことで、エセルバートは漸く歩き出してくれた。数歩進めば、方向が違ったのかさり気なく右へと誘導される。振り解かれることのない手は、握り合ったまま。なりゆきでも何でも、案内してくれるつもりにはなったらしい。

「……貴女は、昔から薔薇が好きですね」

「はい。……お話ししたことがありましたっけ？」

次第に深まる香りの中、彼の答えはなかった。途切れた会話の接ぎ穂が見つからず、仕方なしに足元へと意識を集中する。ゆったりとした歩みは、フェリシアにとって丁度よかった。遅すぎもせず、早すぎもせず。エセルバートが合わせてくれているのが伝わってくる。

静かな世界。墨を刷いたような黒一色。それでも、独りでベッドから抜け出したときのような恐ろしさは感じない。静寂と暗黒は相変わらずだが、何かが違った。それは、片手に与えられる温もりのおかげだ。

大きな手の平に包み込まれれば、そこからじんわりとした熱が広がっていった。それだ

けで、不思議と心が凪《な》いでゆく。大丈夫、と信じられる。

「この辺りが今、花が満開になっているところです」

エセルバートに告げられる前から、薄々察していた。酩酊しそうなほどに濃密な香りに圧倒される。フェリシアの脳裏には、咲き誇る花々が確かに見えた。深紅やオレンジ、白にピンク。その中でも鮮やかな黄色が、闇夜で灯のように咲いている。

「……綺麗ですね……」

「ああ……とても」

見えないくせにと否定されなかったことが嬉しい。おそらく二人、同じ景色を眺めていると感じられた。隣に並び、手は繋いだまま。人も動物も寝静まった世界に二人きり。あるのは満開の花々だけ。音も、言葉も何もいらない。

フェリシアがほんの僅か力をこめた指先を、それ以上の力で握り返された。

8　指先が語る真実

翌朝、フェリシアが目を覚ましたのは、すっかり日が昇った後だった。普段より寝坊してしまい慌てていると、ライナがクスクスと笑う。

「フェリシア様でも、失敗することがあるのですね」

「いやだ、どういう意味？」

「だって、いつも気を張っていらっしゃるから。私、あんなに頑張り通しでは疲れてしまうのではないかな、と心配していたんですよ」

ベッドのシーツを交換してくれているライナへ、フェリシアはソファに座ったまま顔を向けた。

「気を張っている？　私が？」

「ええ。警戒しているというか、一生懸命すぎて痛々しいというか……まぁ、大変なご病気ですから仕方ないのかもしれませんが……って、私また余計なことを！　申し訳ありません！」

「謝る必要なんてないわ」

何度も謝る彼女を笑って許し、ここ最近の自分をフェリシアは振り返った。

確かに、毎日緊張状態にあったのは否定できない。何がエセルバートの怒りを刺激してしまうかが分からない日々を経て、突然突き落とされた暗闇。混乱と恐怖。己を鼓舞しなければ、指先一本さえ動かせなかった。気を抜けるときなど、あっただろうか。ふと感じた肩の強張りに、全ての答えは隠されている気がした。

「でも、今日のフェリシア様は何か違います。穏やかというか……一枚ベールが剝がれたみたい」

「それは、褒めてくれているのかしら？」

「勿論ですよ！」

いかに昨日までとは雰囲気が変わり和らいでいるのかをライナは熱弁を振るい語ってくれたが、フェリシアには自覚がなかった。けれども、原因があるとすればそれは、昨夜エセルバートと共有した不思議な時間のおかげに決まっている。

ただ、並んで庭園に佇んでいただけ。何が解決したのでもない。だがその後は、これまでの不眠が嘘のように夢も見ずにぐっすり眠れた。そのせいで、今朝は寝過ごしてしまったわけだが。

「とってもお綺麗です。あ、今までもそうなんですが、私は今日のフェリシア様の方が断然好きです！」

屈託なく答えるライナには、いつも救われる。明るい彼女に接していると、フェリシアの気持ちも軽くなった。

「ありがとう。私も今日は晴れ晴れとした気分なの。疲れていると、色んなことが見えなくなるものね……」

そういえば、自分も誰かにそう告げたことがなかっただろうか。『疲れない？』『無理をしているんじゃない？』と問いかけて、相手を困らせたことが、昔――

「随分、楽しそうですね」

「エセルバート様！」

ライナの驚きの声につられて振り返れば、聞き慣れた足音が近づいてきた。颯爽《さっそう》としつつ、品のいい靴音。それが、フェリシアのすぐ脇で止まる。

「――おはようございます、フェリシア」

「お、おはようございます」

つっかえながらも、どうにか挨拶を返した。信じられない面持ちで、彼の気配を見上げる。この部屋にエセルバートがくるのは、昨晩を除いて何日振りだろう。その前までは、いて当たり前だった姿が数日なかったことで急に違和感を伴ってくる。ここは、彼の部屋だというのに。

「……少しだけ、話をしてもいいでしょうか？」

「は、はい……」

どうぞ、と椅子を勧めたがエセルバートが腰かける様子はなかった。フェリシアが座っている隣に立ち、そのままこちらを見下ろしている。

「朝食はもう食べましたか？」

「いただきました。申し訳ありません、変な時間に……」

「気にすることはありません。貴女は療養することだけを考えていればいい。私の勝手でここへ滞在してもらっているのだから、こちらの都合に合わせる必要はありません」

昨日までなら、余計なことを言うなという意味で釘を刺されたと思ったかもしれない。穿《うが》った見方をし、更に萎縮してしまったに違いない。だが、今朝はそんなふうには微塵も感じなかった。

「卵料理が、とても美味しかったです」

「それはよかった。卵はうちの所有する養鶏所から今朝届いたばかりのものだから」

「新鮮なものは、やっぱり味が濃いですね」

穏やかに言葉を交わし、他愛無い会話を楽しむ。そんな当たり前のことが、涙が出るほど嬉しい。昔に戻ったように感じてフェリシアの口角があがった。

「フェリシア、今日は午後から診察の予定でしたね。まだ時間はあります。何か希望はありますか」

「どこかへ連れて行ってくれるのですか？」

エセルバートから、こんな質問をされるのは初めてだ。いつも撥ねつけられるばかりで、フェリシアの意見など聞いてもらえなかった。だから驚いて身を乗り出してしまう。

「外出ですか。遠くへは、時間的に難しいですが……近隣なら、何とかしましょう」

「本当ですか？」

随分な譲歩に胸が高鳴る。昨夜のできごとは、フェリシアだけでなくエセルバートにもよい変化をもたらしたのかもしれない。

「私はもう貴女に、嘘はつきません」

「嬉しいです。それじゃあ、一度アシュトン子爵家に帰らせてください」

「何ですって？」

和らいでいた空気が一変、硬いものへと変わった。しかし、これまでのようなフェリシアに口を噤ませる種類ではなく、本当に理由を聞かれたのだと感じ、そのまま会話を繋げた。

「まだしばらくこちらでお世話にならなくてはならないので、色々取りに帰りたいものがあります。父に頼むのも、気が引けますし……」

父親は連日グランヴィル伯爵家に通い詰めてはくれるが、男親には言いがたいものもある。フェリシアがそう告げれば、エセルバートの気配が緩むのが分かった。

「そういうことですか……それなら、新しく買えばいい。貴女の気に入るものを揃えてもらって構いません。金額は気にしないでください。全てこちらで持ちます」

「いけません、そんな無駄遣い。それに、使い込んだものの方が扱いやすいですから」

同じ編み棒だって、長年使い続けた道具の方が指に馴染んでいる。どうせフェリシアがここに滞在するのは一時的なものだ。色々買い揃えるなど、愚かしい。そう告げれば、エセルバートは小さな溜め息を吐いた。

「貴女は倹約家だ」

「いいんです。アシュトン子爵家はあまり裕福とは言いがたいですもの。分を弁えていると言ってください」

「いや、すみません。貶《けな》しているつもりはないんです。そうやって持っているものを大切にし、必要以上に強欲にならない姿勢は素晴らしいと本当に思っています」

ゆったりと話すエセルバートの声が、耳だけでなく肌からもフェリシアに染み込んでくる。そういえば、自分はこの低く耳障りのよい声が好きだった。漸く、思い出した。

「では、私も一緒に行きましょう。……同行を許してもらえますか」

「許す、だなんて、そんな……」

大仰な物言いに戸惑いつつも、狭い馬車の中、同じ空間に彼と乗り込むことを想像して心が揺れた。あそこには淫らで嫌な記憶がこびりついている。いつも呼び出されるときには、地獄へ向かうような心持ちを抱いていた。もしもまた――と迷い、一瞬の逡巡《しゅんじゅん》の後、平気だと結論をくだす。庭園での悲しい記憶も、今では優しいものに書き換えられている。だから、きっと大丈夫だ。

「エセルバート様のお仕事が、滞らないのでしたら……」

「問題ありません」

それなら早い方がいいだろうと、早速出かけることになった。久し振りの外出にフェリシアの心は躍る。元々は家の中にいる方が好きなのだが、やはり敢えて外出しないのと、出られないのとでは全く意味が違う。自分では確認できなくても、身支度をお願いしたライナに「とてもお似合いです」と太鼓判を押されれば、華やいだ気分になれた。久し振りに結い上げた髪が気持ちを引き締めてくれる。

馬車の中では、会話こそ弾まなかったが気まずさは生まれず、お互いに黙ったままでも息苦しさは感じなかった。どこか心地いい沈黙に身を任せ、フェリシアは包帯の下からエセルバートを見つめていた。長いようで短い移動時間中、ずっと。

「――フィリシア！」

「お父様！」

到着と同時に駆け寄ってきた父親は、漸く帰ってきた娘を思い切り抱き締めてくれた。

「毎日、見舞いで会ってはいたが、今日は特に元気そうでよかった」

顔を見せておくれとせがまれ、額や頬、閉ざされた目蓋にも布越しのキスを贈られる。

こんな風に感情を露わにする父は珍しく、それだけ心配をかけていたのだとフェリシアは気がついた。ここ最近は自分のことに手一杯で、他者の気持ちを慮る余裕など微塵もなかったのだと思い至る。

「エセルバート様、色々とお気遣いくださり、ありがとうございます」

抱擁を解いた父が深く頭をさげる気配の後、エセルバートは小さく「いいえ」と答えた。

僅かに言い淀む様子を不思議に思いつつも、フェリシアは久し振りの我が家を堪能する。

懐かしい匂い。雰囲気。どれもが、歓迎の意を表してくれている気がした。使用人たちも、お帰りなさいと迎えてくれる。

「フェリシア！　もうだいぶ眼はいいのかい⁉」

そのとき、快活な声が鼓膜を揺らした。泣きたいほど懐かしくて、同時に痛みを伴うその声。

「叔父様……？」

「そうだよ！　忙しくて碌に見舞いにも行かれずにすまない。でもエセルバートに任せておけば問題ないと思って」

　足音も荒く階段をおりてくる、会いたくて堪らなかった人。それが、間近まで駆け寄ってきてフェリシアの手を握った。

「ああ、思ったよりも元気そうでよかった」

「アレン……どうして、ここに」

「エセルバート！　突然会社を休むなんて酷いじゃないか。今日はどうしても仕事で確認したいことがあったのに。仕方なく屋敷に問い合わせたら、フェリシアと一緒にこっちへきていると聞いたから、先回りして待っていたんだよ」

　いつでも太陽のように明るい叔父が一際今日は眩しく、フェリシアの閉ざされている瞳を射った。微かな痛みを眼に感じて、自然と俯いてしまう。今日、会うとは思っていなかった。その戸惑いが、今まで感じたことのない動揺を与えてくる。

「だけど、こうしてフェリシアにも会えたことだし、万々歳だな。エセルバートもそう思うだろ？」

「……そうですね」

「本当にほっとしたよ。顔色もいいし。きっとお前が一生懸命看病してくれたんだろう？　やっぱりエセルバートに任せて正解だった。ところで、なぁ、少し時間をくれないか？　相談したいことがあるんだ。フェリシア、申し訳ないがこいつを借りるよ」

半ば強引にエセルバートを連れてゆく叔父は、ふと思い出したようにフェリシアを振り返った。

「そうだ。フェリシアにも聞きたいことがあったんだ。ねぇ、率直な意見を聞きたいんだけれど、女性としてはどんな贈り物が一番嬉しいかな？」

「……リースリア様へ、ですか？」

確認するまでもない事実を口にして、勝手に傷つく自分は馬鹿なのかもしれない。それでも、不思議と血を吐くような痛みは伴っていなかった。

「うん。もうすぐあの方の誕生日なんだ。初めてお祝いする記念日だから、特別なものを差し上げたいけれど、彼女は大抵のものは持っているだろう？　普通ならドレスとか宝石かもしれないが、私なんかじゃ及びもつかない品を既に所有しているから……」

「アレン、そういうことは自分で考えるから、意味があるのではないですか」

僅かに尖ったエセルバートの声音が、叔父を制止する。何故かその気配に背中を押され、フェリシアは微笑むことができた。

「心のこもったものであれば、何でも嬉しいと思います。大好きな方から贈られたら、全て宝物だわ」

それが新品でなくても、お金のかからないものであっても、きっと関係ない。誰より愛しい人からという付加価値が何よりも心に響くのだから。

「そうか……でも逆に難しいな。エセルバート、君はどう思う？」

「……さぁ、私には何とも。それよりも、重要な相談があるのではないですか」

突然話の矛先を向けられた彼は、やんわりと回答を拒否した。それは、強引にこの話題を終了させようとしているようにも感じられる。

「何だい、素っ気ないな。無難に花はどうだろうか」

再び問いかけられたフェリシアは、小さく頷いた。

思い出すのは、かつて贈られた黄色い薔薇。この眼で見ることは叶わなかったが、とても嬉しかった。

「いいと思います。ただ、この季節ですから種類は限られると思いますが、リースリア様は何の花がお好きなのですか？」

「ああ、そうか。そういう問題もあるな。あの方は百合がお好きなようだ」

では難しいかもしれないと告げると、アレンはあからさまにガッカリとした。

「難しいなぁ。仕方ない、この件は後でじっくり考えてみるよ。じゃあフェリシア、エセルバートをしばらく借りるよ」

「お仕事、頑張ってください」

借りるだなんて、私のものではないという言葉が喉元まで出かかったが、どうにか呑み込んだ。アレンとエセルバートがじゃれ合うような仲の良い姿に胸が詰まる。これを守りたかったのだと、心の底から思った。あの辛かった日々も、これで報われる。

「あ――――と、そういえば、フェリシアの好きな花は何だい？　お見舞いに届けさせるよ。リースリアに早く贈れとせっつかれているんだ。でも、妹同然の君に改めて花を贈るというのも気恥ずかしくてね。悩んでいる内に日数が過ぎてしまった。この時期に咲いているものならいいけれど」

「……え？」

「フェリシアは青が好きだったよね。昔ハンカチをあげたとき、とても喜んでくれていたし。ああでも、青い花ってあまり見かけないなぁ」

「……アレン、早く行きましょう」

驚愕で、頭が真っ白になった。呆然としている間に、彼らは屋敷の奥へと去ってゆく。フェリシアも父に促され、自分の部屋へと向かった。

――――叔父様は、忘れてしまったの……？

幼い頃、フェリシアの好きな花だからと持ってきてくれた黄色い薔薇。彼にとっては、どうでもいい思い出だったのだろうか。いや、でもあのときは好む色さえ把握してくれていたのに、全て忘却してしまうなどあり得るだろうか。

アレンは決して記憶力が悪い人ではない。むしろ、優秀なエセルバートの片腕であり若くして頭角を現した実業家だ。どこか頼りないところはあるが、頭はいい。それなのに

「……お父様、何かあったらお呼びしますから、私一人でも大丈夫です」

渋る父親を追い出して、フェリシアはベッドに腰かけた。一人になって、漸く思考が纏まり始める。

今まで感じてはいたが、目を逸らし続けた違和感。それらがざわざわと主張する。

何かが、違う。決定的に間違えている。

あのとき――眼の見えない自分を、風邪を押して見舞いにきてくれたアレンへ感じた引っかかりは、本当に無視していいものだったのだろうか？

抱きついた際に嗅いだ香り。痩せたと思った身体つき。普段の饒舌さとは比べものにならない指先での会話。全てを照らし出す太陽のような明るさではなく、包み込まれる月光に似た温もり――

「……っ」

あの人は、言っていた。――『……貴女は、昔から薔薇が好きですね』

「あ……あ……」

可能性は、あくまでも可能性でしかない。けれども、フェリシアの心が、結論を出していた。同時に否定したいという願望が首を擡《もた》げてくる。もしもそうなら、自分はこれまで何を見てきたのだろう。幻に恋い焦がれ、間違えた道を突き進んでいたのか。何て愚かな。

でも、どうして彼は――

真実は、今と同じ闇の中。

「私は……どうすればいいの？」

答えなど、誰も返してはくれない。自分の中にさえ、見つけられない。何故、と同じところをぐるぐる回って、結局は迷路の中に佇んでいる。

――確かめなければいけない。

エセルバートの口からちゃんと聞きたい。そうしなければいけないと思った。どんな回答が待っているにしても、知らなければ前へ進めない。

自分の足で。自分の力で。流されるのではなく、選び取る。フェリシアは暗闇の中へ手を伸ばした。


帰りの馬車の中でも、二人は無言だった。むっつりと押し黙ったエセルバートが何を考えているのかは分からない。けれど、フェリシアはずっと切り出すタイミングを窺っていた。

――教えてください。昔、私を闇の中から救いあげてくれたのは、貴方なのですか？

ガタガタと揺れる馬車の振動だけが、二人の沈黙を埋めてくれる。フェリシアは幾度も唇を開きかけ、そして押し黙った。今からしようとしている会話によっては、二人の関係は変わってしまうかもしれない。それが喜ばしいのか避けたいのか、まだ決められない。その迷いが、口を鈍らせていた。

「……疲れてはいませんか？　僅かでも不調があれば、教えてください」

「いいえ……」

問いかけに漸く一言だけ吐き出したが、そこから先が続かない。膝の上の指先を忙しなく組み替えて、フェリシアは呼吸を整えた。

「――私、昔から薔薇の花が好きでした」

「……知っています」

応えてくれた、と緊張が走った。何気なく返された肯定がどれだけ重い意味を持っているのか、彼にはきっと分かっている。

「色は、明るい気持ちになれるから、黄色が特に好きです」

「……それも、知っています」

ストンと胸に落ちたこの感情は何だろう。失望ではない。納得とも違う。ただ、『やっぱり』とどこか冷静に受け止めている自分がいた。先ほどまでは緊張で震えていた指先がピタリと止まる。そして、フェリシアは俯いていた顔をあげた。

「……貴方だったんですね。幼い頃、眼を患っていた私に寄り添ってくれていたのは。風邪のせいで喉を痛めたからと指先で告げてくれたのは……」

「……それは、アレンでしょう」

「いいえ、違います。叔父様じゃない。どうして、最初に名乗ってくれなかったのですか……」

間違えたのは自分の方だと分かっている。でも、責めずにはいられなかった。もしも最初にフェリシアの勘違いを正してくれていたら――違う『今』があったのかもしれない。

「……貴女は、アレンに来て欲しかった。他の誰でもない。あのとき失意のどん底に沈む貴女を救うのは、アレンでなければならなかった」

「だから……私の思い込みを訂正しなかったのですね」

それが正しいのかどうかは答えがない。仮に、あのときエセルバートが真実を告げたとしても、フェリシアは戸惑うばかりだったかもしれない。出会ってまだ日は浅かった。家族でもない男性に病んだ姿を見られるなんて、いくら子供とはいえ女性としての矜持が許さない。そして彼の言う通り、会いたかったのはアレンだけだ。少なくとも、叔父だと信じたことでフェリシアの幼い心は救われた。けれども、大人になった現在は別の苦しみにもがいている。

「私のために……偽りを？」

「あの日私は……風邪がなかなか回復しないアレンを見舞いにアシュトン子爵家へ行きました。そうしたら、君が眼を患っていると聞いて――きっと寂しがっているから、代わりに顔を出してくれと彼に頼まれたんだ」

　そうして部屋に向かってみれば大きな物音がし、慌てて扉を開けたのだとエセルバートは語った。そこから先は、彼をアレンと信じ込んで縋ってくる少女のために、人芝居を打ったのだと。

「私、大馬鹿者ね……」

「心細い者が、自分の願望に現実を当て嵌めようとするのは、自然なことですよ。何も不思議じゃないし……愚かでもない。小さな身体で、貴女はよく頑張っていました」

　あのときと同じ、包み込まれる安らぎを感じた。向けられている視線は、きっと優しい。

「それから何度か、来てくださいましたね」

「アレンが完全に回復するまでは、代役を務めるつもりでした。彼と入れ替わるときには不審に思われないよう、貴女と交わした会話を全て教えて、口裏を合わせたつもりだったのに……」

　フェリシアの好きなものを叔父であるアレンが把握していないというのは、盲点だったのか。

「――――いや、違うな……あの濃密で特別な時間の間には誰一人立ち入らせたくはなかった。それがたとえアレンでも……宝石のような一瞬を渡したくなかった。貴女と私、二人だけの秘密が欲しくて、敢えて言わなかったのだと思います」

「……！」

同じだ、と思った。フェリシアの勝手な思い込みではなく、エセルバートもあのときを大切に感じてくれていた。ほんの何日か。暗闇の中、指先と言葉を交わした日数は両手の指で足りてしまう。それでも、あの日々があったから、フェリシアは今日まで生きてこられた。大袈裟ではなく、輝く思い出が道標だったと言っても過言ではない。

「手を……」

どうしても今、彼に触れたい。こちらから思い切り伸ばせば届く距離だ。だが、エセルバートから差し出して欲しかった。かつてと同じように、悲哀と不安に満ちた中から救い出して欲しいと願う。あの温かく大きな感触をもう一度感じたい。

「……貴女に、触れる権利は、私にはもうありません」

「私が、お願いしても？」

フェリシアは手の平を下にして、軽く持ち上げた。エスコートを求めるように、そのまま、じっと待つ。彼が絶対に嫌だと拒否すればフェリシアの負け。もうこの話は蒸し返さない。昔のことは忘れろという意思表示だと受け止める。そう覚悟した。だが賭けに勝ったのは、フェリシアの方だった。

「……貴女は、本当に控えめなようでいて、頑なところがある」

フェリシアの手を挟むように添えられた二つの大きな手の平。すっぽりと包み込まれた指先までが、歓喜に震えそうになる。滲む涙は、全て包帯が吸い取ってくれた。

――ああ、そう。この手だ。どうして分からなかったのだろう。気がつく機会は何度もあったはずなのに……。

「やっと、ちゃんとお礼が言えます……あのときは、本当にありがとうございました」

「結果的に、貴女を騙《だま》してしまったけれども」

「いいえ。最初に間違えたのは私ですもの。エセルバート様は、私を傷つけまいとして、優しい嘘をついただけです。それは『騙した』のとは違います」

勿論、もしもと考えなくはない。だが、漸く取り戻したこの温もり以上に大切なものはきっとない。随分遠回りをしてしまったけれども、やっとここへ辿りついた。真夜中エセルバートの部屋の中で、薔薇の香りを追いかけて手繰り寄せたかった真実へと。

伝わる熱を堪能し、今度は、エセルバートの手の平にフェリシアは指を走らせた。文字にはならないただの直線。感触を充分に味わってから、次はクルリと円を描く。

「……擽ったい」

「私もあのとき、擽ったかったんですよ」

ふ……と空気が綻ぶのを感じた。自分も彼も微笑んでいるのが分かる。

何故早くこうしなかったのだろう。言葉を積み重ねなくても、簡単に伝え合うことはできたはずなのに。とても満たされ心地で、無意味な模様をいくつも彼の手の中に作り出した。

「……フェリシア、君に触れたい」

それが、手を握り合うことを意味しているのでないことは、すぐに分かる。情熱的な吐息が耳を掠めた。塞がれた両眼でエセルバートを見つめれば、視線にも温度があるのを思い出す。

熱く燃える眼差しに、身体の芯がぞくりと震えた。彼に触れてもらいたいという欲求が生まれてくる。たとえエセルバートの求めるものが肉欲だったとしても。

彼は言葉を発した直後には後悔していた。その証拠に慌てて手を引き戻そうとする。それを許すまいと、フェリシアは小さく指を動かして、たった一言返事をした。

この行為が正しいのか正しくないのか、もうそんなことはどうでもよかった。ただ絡ませ合う舌から、甘い愉悦が沸き起こる。眩暈をもたらす酩酊感が頭の中を沸騰させた。

「ん……、ふっ……」

性急に腰から脇腹、太腿へと弄られて、淫靡な声が漏れてしまう。グランヴィル伯爵家に馬車が到着した後、フェリシアとエセルバートはそのまま彼の寝室へと縺れ込んだ。そうしてベッドで重なり合い、煩わしい衣服を脱いでゆく。

『貴女の眼に、負担になってしまうかもしれない……』

馬車の中でそう言って離れようとした彼を強引に引き戻したのはフェリシアだった。そこからは僅かな隙間に入り込む冷気が嫌で、ずっと手を握っている。一秒でも時間が惜しい。まるで、彼がいないと呼吸の仕方も分からなくなる恐怖があった。傍にいたいという素直な欲求に従って、自らも舌を突き出してエセルバートを求める。

「熱い、な……」

「私も……」

包帯で覆われているせいか、瞳の部分に尚更熱を感じた。涙なのか汗なのか、わからない湿り気を帯びたものが不快でしかない。それでも痛みを感じないことに勇気を得て、フェリシアは彼の背中に手を回した。

初めて知る、エセルバートの素肌の感触。今まではいつだって服越しだった。自分だけが乱され、ときに全裸を要求されて、どれだけ悲しくまた寂しかったことか。よく彼がしてくれたように指先で肌を辿れば、エセルバートは震える吐息を漏らした。

「貴女は、いつも綺麗だ」

自分では見えないから、それが本当かどうかなど確認はできない。それでも、今まで身体を重ねたときよりも、怖くはなかった。彼の呼吸に合わせて息を吐く。ちょっとした動きから思いを察して、協力するように体勢を変えた。

「私も、眼が見えたらいいのに……」

「大丈夫ですよ。必ずよくなります」

布越しに目蓋へ口づけられ、その圧迫感が尚更涙を溢れさせた。今ほど、病が治ればいいと強く願った瞬間はない。そうすれば、エセルバートが今どんな眼差しで自分を見つめてくれているのかが分かるのに。感じることはできる。でも、この眼で確認したい。

「少しだけ、包帯を取ってしまいたい」

「それはいけません。安心して。貴女が怖がるようなことはしませんから」

「……それなら、約束してくれますか？　またちゃんと見えるようになったら、そのときエセルバート様が傍にいてくださると」

「……っ」

期限のない約束。叶うかどうかも分からない、曖昧なもの。でもこめられた願いは深くて重い。

「……ええ、必ず」

「よかった……」

再び深い口づけを交わし、フェリシアはエセルバートの髪に触れた。サラサラの毛先が手の平も甲も撫でてゆく。梳きあげても縺れなど全く見当たらず、毛先は冷たく根元は微かに温かい。

「羨ましいです」

「私の髪が？　こんな不吉な色味のどこが」

「不吉？　とても綺麗な黒です。複雑で……繊細な」

確かにエセルバートの髪色はこの国では珍しい。だが、嫌なものだと吐き捨てられるほどのことではないはずだ。

「私は、好きです。今見られないのが、悔しいくらい」

「……貴女がそう言ってくれるのなら、私も好きになれるかもしれません」

耳殻を舐められ、そこからじわじわと身体全体が熱くなる。吹き込まれた吐息に背筋を震わせ、フェリシアは夢中で彼の身体にしがみついた。

暗闇で受ける愛撫は、必要以上に感覚が鋭敏になる。次にいつ、どこへ触れられるか分からないだけに神経が張り巡らされ、軽く胸の頂が擦られただけでも大きなうねりに襲われた。

「は……っ」

「……気持ちいいですか？」

「聞かないで……っ」

恥ずかしいのに、乳首を捏ねられると堪らない痺れが広がる。フェリシアが片側に与えられる刺激を必死で堪えていると、今度はもう片方に生温かく柔らかなものが触れた。

「ひゃ……ッ？」

「ああ……甘い」

　この感触には覚えがある。ぷっくり腫れてしまった胸の飾りを舌で扱かれ吸われている。飴玉のように口内で転がされれば、ぞくぞくとして身悶えてしまった。

「や……ぅ、駄目……ぁ、あ」

　爪先が丸まって、リネンに皺が寄る。真っ白な布に刻まれる凹凸はどこか淫猥で、フェリシアの肌を余計に敏感なものへと変えた。

「駄目？　それじゃあ、どうして欲しい？」

　言葉通りに受け取ったのか、エセルバートはあっさりと唇を離してしまった。彼の唾液に濡れた先端がヒリヒリとした飢えを訴える。フェリシアは、はしたなくも口にしそうになる欲求を深い呼吸で誤魔化した。

　――もっとして欲しいなんて、言えない……！

　それでも揺れてしまう腰が、如実にフェリシアの願望を表している。物欲しげに傾げた首筋にキスされて、お返しにこちらからも唇を寄せた。だが狙おうにも分からないので、手探りの中口づけたのは、どうやら彼の胸板だったらしい。

「……っ」

　女性よりもずっと小ぶりな突起が、可愛らしく硬くなっていた。見つけてしまった宝物をもっと味わいたいという悪戯心が、フェリシアを大胆にする。微かに声を詰めたエセルバートを更に悦ばせたくて、舌先を尖らせてそこを擽った。

甘いというよりは、正直しょっぱい。だが、彼の味だと思えば愛おしい。汗の雫を舐めとって、次第に夢中になってしまった。

「フェリシア……っ」

咎めるような、先を強請るような声音にこちらの方が酔いしれる。もう一度と頭を起こせば、軽く額を押されて引き剝がされた。

「貴女は、本当に時折予想外の行動に出る。そういうことは、しなくていいのですよ。それよりも快楽に溺れてみせてください」

自分一人乱されて、訳が分からなくなるのは恐ろしい。そんな感情がフェリシアの顔に出ていたのか、エセルバートはそっと頭を撫でてくれた。

「私は、フェリシアが悦んでくれたら、それで嬉しいのです」

触れる手は、初めは様子を窺うようにゆっくりと僅かな接点でしかない。それにフェリシアが怯える素振りを見せなければ、少しずつ面積を増やし大胆になる。口づけ一つとっても、一見主導権は彼にあるのに、どこまでも主体はフェリシアだった。

眉や指先の何気ない動きに注視して、どうすればこちらに不安を与えないのか必死に考えてくれているのが伝わってくる。初めてを奪われたときとは違い、エセルバートは全身全霊でフェリシアを大切に扱ってくれていた。まるであのときの全てを、やり直そうとでもいうかのような真剣さで。

だから、彼の手が下肢におりていっても、躊躇いはなかった。下腹で迷いを見せたエセルバートの指先を、じっと待つ余裕さえあった。

彼に触れて欲しいと、フェリシアの身体は希《こいねが》っている。それはもう、潤んだ場所からも彼には分かっているはずだ。今更言葉にするのは無粋に思えるし、それにもっとお誂《あつら》え向きの方法が自分たちにはある。

伸ばした人差し指で、フェリシアはエセルバートの鎖骨付近を探った。そして想いを乗せて、横に滑らせる。たったそれだけ。でも充分だった。

啄むキスを落とされて、ほんの僅か、歯がぶつかった。そんなたどたどしささえ愛おしい。互いに笑い合って、もう一度深く唇を結ぶ。漸くフェリシアの脚の付け根へと辿りついた彼の指先に膨れた淫芽を擦られ、その嬌声はエセルバートの口内に呑み込まれていった。

「……っ、んッ」

くるくると捏ねられたかと思えば二本の指で扱かれ、たちまち頭の中が熱くなってしまう。戦慄く太腿を押し開かれ、蜜で濡れそぼった内側に指を差し入れられれば、それだけで軽く四肢が痙攣した。

「ふ、……ぁッ」

ゆったりと内壁を往復されると、肌が粟立つ。気持ちがいいのにどこかもどかしくて、解放されたフェリシアの唇からは淫らな喘ぎが漏れた。以前のように奥まできて欲しい。荒々しく突かれたいなどと、絶対に言えない欲望が渦巻いて、出口を求めて荒れ狂った。

「フェリシア、今何本の指が貴女の中にあるか、分かりますか……?」

「そ……なの、分からな……っ」

恥ずかしいからやめて欲しいと言いたいが、耳に注がれる美声が更に快楽の水位をあげた。エセルバートに囁かれるだけで達してしまいそうになるなんて、どれだけこの肉体は卑猥で、彼に馴染んでしまったのだろう。

せめてものお返しと、フェリシアはエセルバートの背に回していた手を肩や首、脇腹へと移動させ、その造形を確かめた。見えない分、触って脳裏に姿を思い描く。想像よりも硬い肌。しなやかな筋肉。神々を模した彫像のような均整のとれた身体つきには、驚かされる。自分の貧相な身体に触れるよりも、彼の方がずっと価値がある気がした。

「……擽ったいですよ、フェリシア」

「……考えてみたら、何だか不公平です。私だけが見られているなんて」

「男の身体なんて見ても、何も面白いところはありませんよ」

いや、きっと見惚れずにはいられない。闇の中、触って得た情報だけでも素晴らしいのだから、実物は感嘆に値するだろう。残念に思い、フェリシアは先ほど交わした口約束で己を慰めた。これからも傍にいて欲しい。病が癒えてからもずっと。何の保証もない約束だが、彼が口にしてくれただけで充分だった。

蜜口にあたるエセルバートの屹立が何度も入口にキスをして、お互いのぬめりを纏い、侵入を強請る。彼が渾身《こんしん》の自制心をもって、フェリシアの許しを請うているのが分かった。

ここまできても、エセルバートは強引にことを推し進めようとはせず、全てフェリシアに合わせようとしてくれている。もしも、僅かでも躊躇いを態度で示せば、おそらく彼は引いてくれるだろう。それがどれだけ男性にとって辛いことなのかは、自分にはもう分かっている。

何もかも、フェリシアのため。本当はこんなにも優しい人だから、今まで酷い男を演じることが苦しかったに違いない。だが、それだけ親友の裏切りとリースリアとの婚約破棄が耐えがたいものだったのだ。思慮深く、聡明な彼を歪ませ、他者に捌け口を求めなければいられないほどに。

「……エセルバート様」

名前を呼ぶだけで誘惑ができるなんて知らなかった。情欲を滲ませた自分の声音は、聞き間違いかと疑うほどに艶を孕んでいる。堪らなく卑猥で、正直だった。

今だけは。このときだけは彼は自分のものだ。たとえ道具として扱われたとしても、嫌われていたとしても、根が優しいエセルバートには今のフェリシアを振り払うことなどできやしない。慰めや罪悪感が根底にあっても、構わなかった。この瞬間だけあればいい。

「フェリシア……っ」

「ん、ぅ……」

押し広げられる感覚には、いつも息を止めてしまう。けれども狭い道をいっぱいに満たされると、恐れはたちまち快楽へと変わっていった。

「……息を、吐いて」

「……ふ、あッ」

素直に大きく喘げば、ご褒美のようなキスをこめかみに落とされた。エセルバートの唇は、そのまま耳、頬を伝っておりてくる。何度口づけても飽きない。それどころか回数を重ねるごとに、互いの呼吸が理解できる。どうすれば気持ちいいのか。より深く繋がり合えるのか、意見交換するよりも明確になってきた。

「はぁっ……」

下肢からもはしたない水音が響き、突かれるごとにフェリシアの身体が揺れる。その間にも数え切れないぐらいのキスを交わした。むしろ舌や唇を触れさせていないことの方が少ない。彼の腰を両の膝で挟み込み、貪欲に奥へと促す。本能に忠実に従ってフェリシアも身をくねらせた。

「……っあ、そこ……やぁ……っ」

エセルバートの切っ先が穿った一点から、総毛立つような快楽が広がった。ぶわっと開いた毛穴から汗が噴き出す。フェリシアが仰け反り、敷布から浮いた背中の隙間に彼は手を差し込んだ。

「ここ……？」

「そ、そうです……そこは、駄目……」

今までも、強い快感を得ていなかったと言えば嘘になる。だが、比べものにならない波がやってこようとしている気がした。それは、フェリシアの心がエセルバートを受け入れたがっているからなのかもしれない。より深く経験したことのない予感にふるりと睫毛が震えた。

「そう……分かりました」

「あ……きゃぁっ!?」

ぐぅっと押し付けられた剛直がそのまま小刻みに揺すられた。冷静ではいられない場所を直接責められ、頭の中が光に埋め尽くされる。

「……あっ、あ……あぁッ」

「こうした方が、もっといい？」

「ひ、ぁあッ」

エセルバートは白らの肘にフェリシアの両脚をかけ、真下から叩きつけるようにして奥を穿った。無防備に開かれた花芯も擦られ、振り乱した蜂蜜色の髪が左右に散る。

「あ、アッ、おかしくなる……っ」

これ以上されたら、狂ってしまう。そう思うのに、フェリシアの腰も揺れていた。ぐちゅぐちゅと卑猥な水音を奏でる場所が、歓喜に戦慄いている。もう淫悦を貪《むさぼ》ることしか考えられなかった。

「い、いい……っ、ぁ、エセルバート様っ……」

「ああ……私も」

「あッ、ああ」

一際大きな濁流に浚《さら》われ、フェリシアは喉を晒して達した。直後、熱い迸《ほとばし》りが腹の中に広がってゆく。その飛沫に奥を叩かれ、また違う波に高みへと押し上げられた。

「……は、ぁ、あ……」

激しい快楽の余韻に浸り、そのまま幸福な眠りに落ちてしまいたい。けれどフェリシアは力の抜けてしまった手をどうにか上へと持ち上げた。

先ほどから断続的に降り注ぐ熱い雫の源を追い、手探りでエセルバートの頬を撫でる。

「……泣かないで」

そして滴る雫を指先で拭った。

「……え」

汗なのかもしれない。見ることの叶わないこの瞳では、事実など確かめようもなかった。だが、見えないからこそ伝わるものもある。

「泣く？　私が？　――――そんなはずはありません」

「……違ったら、ごめんなさい。でも、貴方が涙を流している気がしたから……」

真実などどちらでもよかった。ただ、フェリシアがそうしたいからしただけの話だ。エセルバートに涙を流して欲しくなかったのも、それを拭いたいと思ったのも、全て。

「……いいえ。やっぱり、泣いてもいいですよ。それでエセルバート様が楽になれるなら……隠れて歯を食いしばっているよりも、ずっといい」

何度か目尻に指を滑らせれば水気は感じられなくなった。漸く満足しておろしかけた手は、大きな手の平に包み込まれる。幾度も押し付けられる柔らかなものは、きっと彼の唇。フェリシアの爪にも手首にも丁寧に繰り返し。

「……私を産んだ母も、育ててくれた父母も、こんなことはしてくれませんでした」

「……え？」

今度戸惑いの返事を返したのは、フェリシアの方だった。

「産みの母って……」

「よくある話です。母はグランヴィル伯爵家で働くメイドで、父と出会い子を産みました。そう説明すれば、美しくも儚い恋物語のようですが、現実は醜悪で身勝手なものだ」

エセルバートの吐き出した溜め息が、フェリシアの肌を擽る。握られたままでいる手の甲に今触れているのは、彼の額だろうか。

「……エセルバート様……」

「ようは、異国の血を引く珍しい毛色の、若く美しい使用人に手をつけて孕ませた父は、都合が悪くなると相手の女を放り出したのです。以来、面倒を避けるために極力使用人たちが視界に入らないよう厳命したらしい。聞いた話では、正妻である義母が烈火のごとくお怒りになって、相当な修羅場を演じたのだとか。そしてせっかく産んだ子供が金蔓《かねづる》にならないと知った母親は、孤児院にその子を置き去りにしたというわけです」

「……！」

サラリとされた説明の内容は重く痛々しい。そして、誰よりも当事者であるはずのエセルバートが蔑《ないがし》ろにされていた。まるで、物のように。

「そんな悲しそうな顔をしないでください。君を苦しませたいわけじゃありません」

苦笑交じりに告げられても、フェリシアには上手い切り返しなど思いつかなかった。どう答えればいいのか分からず、結局は押し黙る。

「それから数年経って、突然伯爵家から私のもとへ迎えがきました。不謹慎だけれど、笑ってしまいましたよ。父は過去の放蕩の報いなのか、子供をつくれない身体になっていたんだから。冷え切った夫婦間はそれで決定的なものになり、急に後継ぎ候補として私のことを思い出したらしい」

笑うと表現しながらも、エセルバートは全く楽しそうではなかった。むしろ聞く者の心を軋ませる。握られた手の震えは、フェリシアのものかそれとも彼のものなのか、確かめる気にはなれない。ひたすらじっとしていること、それだけが今自分にできることだった。

「自分たちの勝手でこの世に生み出して、都合が悪くなれば捨て、そしてまた風向きが変われば引き取ってやるから感謝しろと言う。そんな人たちが自分の親だと、絶望するのに時間はかかりませんでした。そして、自分がこの家を保つための道具にすぎないと自覚するのもね……」

新たな雫がこぼれた気がする。先ほど念入りに拭き取ったのだから、もう彼の頬は乾いているはずだ。けれど、フェリシアはもう動かなかった。エセルバートが望むまま、好きにさせてやる。彼が涙ではないと言うのなら、きっとそれが真実。無理に暴き立てる必要などない。

「知っていますか？　フェリシア。欲深い人間ほど、本当に欲しいものは与えないのに要らないものばかり押し付けて、その見返りを寄こせと主張するんです。これだけしてやったのだから、もっと倍にして自分たちに返せとね。父は典型的なそういう人です。そして損得でしか物事をはからない人間だ。この家を継がせてやるんだから、どこに出しても恥ずかしくない立派な紳士になれ、結果を出せと常に私は言われていました。おかしなもので、毎日毎晩言われ続ければ、それが正しいことだと錯覚するようになるのです。そして、義母からされたように汚いものとして扱われると、本当に自分は価値のないものだと思い込むようになりました」

痛い。さっきまでの幸福感は嘘のように消え失せて、フェリシアの胸は悲鳴をあげた。彼を抱き締めてあげたいと切実に思う。けれど、片手を取られたままでは叶わない。それは、まだそのときではないというエセルバートからの意思表示のように感じられた。彼が全てを出しきるまで、想いの内を吐き出すまでは、聞き届けなければならない。きっとエセルバートもそれを望んでいる。

「どれだけよい成績を残し主席に立っても、スポーツで結果を出し、ご婦人方の注目を集め、王家の方々から覚えがめでたくなっても両親は満足しない。優秀で非の打ち所がない息子を演じることに、私も流石に疲れきってしまいました。……そんなとき、アレンに出会った」

突然出された名前に、フェリシアの肩には僅かな動揺が走った。表面上、二人の間には蟠《わだかま》りが残らなかったように思えたけれども、それは楽観的なものでしかなかったのだろうか。まだ、婚約者を奪われ裏切られたことを、憎いと思う気持ちが残っているとしたら……

彼が諦めを含んだ自嘲を吐いたと感じたのは気のせいだろうか。確かめる間もないまま、言葉は紡がれてゆく。

「私の周囲に集まってくるのは、家名や見かけに価値を見出し、利用しようとしてくる輩ばかりでした。だから申し訳ないけれども、アレンもその一人だと思っていましたよ。失礼だが、彼には年の離れたお兄さんがいて、爵位を継ぐ可能性もないのは知っていましたからね。……でも、蓋を開けて吃驚《びっくり》だ。アレンは私のことなど全く知らずに声をかけてきたって言うんですから」

当時を思い出したのか、エセルバートは小さく笑った。それは本当に楽しそうで、フェリシアは漸く肩の力を抜く。心なしか和らいだ気配に身を任せれば、彼はフェリシアの横に身体を横たえた。手は、ずっと繋いだまま。

「単純に『つまらなそうにしている奴がいるから、話しかけた』と言われて、呆気にとられました。そのときの私は、そつのない笑顔を常に浮かべて輪の中心にいるつもりでしたからね。最初は彼が何を言っているのか、意味が分からなかった。作り笑いも、完璧であり続けることも全て当たり前になりすぎていて、それが素なのだと自分自身勘違いしていたらしい。けれど、アレンに出会って――本当の笑顔を教えてもらいました」

向かい合い、裸のまま身を寄せ合う。フェリシアの後頭部に回されたエセルバートの手が、頭を撫でてくれる感触が気持ちよかった。この話の終着地点が見えてくる。恨み言ではないと察し、フェリシアは微笑んだ。

「……叔父様は、太陽のような方ですから」

「まっすぐすぎて、時折暴走しますけれどね」

こうして誰かとアレンについて語れるのが嬉しい。いや、『誰か』ではなく『エセルバート』と語り合えるのが。それはきっと、お互いにアレンが大切だから。いいところも悪いところも知っているから、曝け出せる。

「……アレンには、感謝しています。きっと、あんな友人には……もう出会えない」

眠気に襲われたのか、エセルバートの話し方が間延びしたものになった。フェリシアは空いている方の手で彼の髪を梳く。心地好さげに傾げられた首筋も、穏やかな気持ちで撫でた。

「……でも、一番感謝しているのは……貴女に出会わせてくれたこと……」

「え？」

後半は夢の中に吸い込まれ、聞き取れなかった。規則正しい呼吸が聞こえてくる。無防備に眠るエセルバートなど初めてで、得をした気分でフェリシアは彼の胸へと擦り寄った。

今日の診察までにはまだ時間がある。それまでもう少しだけ、こうしていたかった。

9　本当に大切なもの

「かなりよくなっていますね」

包帯を取ったフェリシアの瞳を覗き込んで、医師は大きく頷いた。

心と肌を重ねた日から数週間。フェリシアの瞳を心配するエセルバートに、あれ以来抱かれてはいない。その代わり、毎日手を握り合って一緒に眠る。それだけで、翌朝目が覚めたときに感じる暗闇の恐怖は薄れていた。

「痛みはどうですか？」

「ほとんどありません。それに、かなり霞みはしますが、中央以外ならぼんやりと見えます」

ついこの前までフェリシアを苦しめていた黒点は、払拭されつつある。それでも念のためと再び両眼は包帯に覆われてしまった。

「もう、大丈夫だと思うのですが……」

「エセルバート様が納得されませんよ。あの方はよほどフェリシア様が大事らしい。高価な薬を惜しげもなく掻き集めて、各地に人を派遣し、少しでも効果があると噂になった食材も取り寄せていますからね」

「そんなに……」

よくしてもらっていると感じてはいたが、それほどだとは思っていなかった。

「本当にフェリシア様が大切なのですね。私としては、大感謝ですよ。今まで手に入らなかった治療法に関する貴重な文献などもいただけましたから」

満足そうに笑う医師に礼を言い、送り出す。けれど、彼の言葉を真に受けることはできなかった。

エセルバートがフェリシアを気遣ってくれているのは、アレンの姪だからだ。あの日の彼の告白で、エセルバートがどれだけ叔父を慕っているのかがよく分かった。きっと彼は、アレンの妹同然のフェリシアを苦しめた責任を取ろうとしてくれている。優しい人だから、一時の激情に囚われた償いをするつもりなのだろう。

――それに、リースリア様はとても素敵な女性だもの……。

姿形が美しいだけではない。いざとなれば家を飛び出す激しさと、細やかで女性らしい優しさも持っている。今まで色恋には無縁だったアレンが瞬く間に夢中になってしまうほど。そんな人に、どうしてエセルバートも惹かれないでいられただろうか。

キリリと胸が痛む。考えるだけで悲しくなって、フェリシアは小さく頭を振った。もうすぐ、この生活も終わるだろう。病が癒《い》えれば、グランヴィル伯爵家に留まる理由はなくなる。そうなれば、自分とエセルバートはまた元の関係に戻るに違いない。友人の親族、ただそれだけの。

――どうしてこんなに苦しいんだろう……それに私、最近叔父様のことよりもエセルバート様のことばかりを考えている……

仮に全てが元通りになったとして、もう冗談でも『エセルバートお兄様』とは呼べない。そんな気にはなれない。だって、彼は兄では決してない。――では自分にとって、いったいどんな存在なのだろう？

フェリシアは胸元を飾るネックレスにそっと触れた。そこには、母親の形見であるガーネットが輝いている。一度はバラバラに壊れてしまったが、その後エセルバートが丁寧に直してくれた。それも、自ら一粒ずつ拾って繋いでくれたのだと聞いて、とても嬉しかった。

指先で確かめる形は、以前と全く変わらない。もしかしたらフェリシアが説明した元のデザインとは細部が違ってしまったかもしれないとエセルバートは謝ってくれたが、それでも、構わなかった。大切なのは、彼がフェリシアの思い出に寄り添ってくれた事実だ。そして、二人で作り上げたこのネックレスは、前よりも価値があがった気がする。元々宝物ではあったけれど、一層大事に思う気持ちが膨らんだ。きっと、どんなに豪華で高価なものでも、これ以上の品などあるはずがない。

――このネックレスには、エセルバート様の優しさがこめられている。それだけで、私は嬉しい。

見えない心を形にして贈られた気がした。それが思い込みでもいい。フェリシアにとって真実であれば、関係ない。一度壊れて再び蘇ったネックレスに自分自身を重ね、きっとこの先何があっても大丈夫、と強く背中を押された心地になった。しっかりと前を向き、自分で立ち上がる勇気が湧いてくる。やり直せないことなどない。それならば、もう一度初めから向き合ってみたい――エセルバートと。

「フェリシア様、あの、旦那様が戻られました」

「旦那様？」

ライナは普段、エセルバートのことならば名前で呼ぶ。だから突然かけられた声に振り返りつつ、フェリシアは首を傾げた。

「はい、その、伯爵様が……」

「グランヴィル伯爵様が……!?」

エセルバートの父にして、現在当主であるリチャードが戻ったのだと分かり、驚愕した。ここは彼の屋敷なのだから帰ってくるのは当然なのだが、一度も会ったことがなかったので、すっかり失念してしまっていた。

「それならご挨拶しなくては。でも、私がこちらにご厄介になっていることをご存知でいらっしゃるのかしら……」

「はい。それが、その……フェリシア様にお会いしたいと……」

「え？　私に？」

予想外の言葉に驚く。病気を理由にして、図々しくもこの屋敷に居座っていると思われているのだろうか。だとしたら、近々出ていくと言わなければ。

「エセルバート様はお仕事に行かれていますし……どういたしましょう」

「お断りすることなど、できないわ。ライナ、大急ぎで支度を手伝ってくれる？」

フェリシアは素早く身支度を整えると、リチャードが待つ部屋へと緊張しながら向かった。エセルバートとの付き合いは長いが、伯爵本人とは直接顔を会わせたこともない。彼にとってアシュトン子爵家など、歯牙にもかけない存在だからだ。己の利にならないものへは興味すら示さないリチャードにとっては、格下の貴族など眼中にさえないのかもしれない。噂では、とても厳しく、貴族らしい方だと聞いていた。

――そんな方が、どうして私に……

ライナに手を引かれ、フェリシアは部屋を出た。向かうのは、呼び出された応接室。隣で支えてくれるのがエセルバートであればそんなことはないのに、一歩ずつ踏み出す足が、どうしても躊躇ってしまう。いや、たとえ手を取ってもらわなくても、近くに彼がいてくれると思うだけで、安心することができた。その差異に気がついて、フェリシアは僅かに動揺した。

いつの間にか、エセルバートの存在が自分の中でとても大きくなっている。それこそ、中心とも言える場所に彼がいる。今までなら何をするにも真ん中にあったアレンへの想いが脇に追いやられるほどに、深くしっかりと根付いた何か。無視をするのは難しいくらい、鮮やかに色づいたもの。その名前は――

「――私を待たせるとは、無礼な娘だな」

「も、申し訳ありません」

部屋に入った途端かけられた不機嫌な声に、フェリシアは慌てて頭をさげた。壮年の男性の声は威圧感に満ち、他者に命令をしなれていることが窺える。不快感を隠す気もない声音には、冷たさが滲んでいた。

「このようなお見苦しい姿で、失礼いたします」

フェリシアがまだ外せない包帯を示して告げれば、リチャードはつまらなそうに鼻を鳴らした。

「時間が惜しい。余計なことは喋るな。早速だが本題に入らせてもらう」

着席さえも許されないまま、フェリシアは背筋を伸ばした。好意的な内容でないことは明白だ。これ以上彼を不機嫌にさせては、エセルバートに迷惑がかかってしまう。それだけは避けなければならないと、心に決めた。

「今すぐグランヴィル伯爵家を出ていってもらおう。これ以上、親族でもない女を屋敷に滞在させているとなっては、あらぬ噂を招きかねない。迷惑だ」

あまりにも率直にぶつけられた台詞に対して、流石に衝撃は隠しきれなかった。予想はしていたけれども、そこまで明確に言われるとは。流石にフェリシアも息を呑む。

「詳しい話は知らんし、聞く気もないが、いい加減厚かましいのではないかね？」

「……申し訳、ありません。エセルバート様のご厚意に甘え、今日までお世話になってしまって……」

「あれは、甘いところがあるからな。君にも調子のいいことを言ったのかもしれないが、全て一時の気の迷いでしかない。妙な期待は抱かないことだ」

辛辣《しんらつ》な言葉に打ちのめされ、フェリシアは唇を噛んだ。リチャードの言う通りだ。ずるずると居座ってしまったけれど、そろそろ家に帰るべきなのははっきりしている。眼の治療も、あらかた終わっている。あとは、住み慣れた我が家で休養すればいい。

「――本日にでも、失礼いたします。長々と、ありがとうございました。父が参りましたら、改めてお礼を――」

「ああ、そんな時間はない。私もまたすぐに出る」

うっとうしげに吐き出された声と空気の流れに、フェリシアはこの憂鬱な対話の終了を悟った。そして、ここでの生活の終わりも。考えていたよりも少しばかり早まったが、仕方ない。どうせ、いずれは迎える結末だったのだから。理解していても、痛む胸は誤魔化しきれなかった。

断ち切られてやっと、離れたくないのだと気がつく。エセルバートの傍にいたい。何気ない日々を共に重ねたい。

考えてみれば、視力を失った時点で、どう説得されたとしても本当に嫌だったのなら彼のもとから逃げ出せばよかったのだ。監禁されていたのではない。足枷を嵌められていたのでもない。ただ、懇願されただけ。けれども、フェリシアは出ていかなかった。理由をつけ、留まることを選んだのは自分自身。

それこそが、答えのような気がした。

「それにしても、この大事な時期にあの馬鹿者が」

忌々しげなリチャードの言葉につられ、フェリシアは退出しかけていた足を止めた。それに気がついた彼は、鋭い眼差しを向けてくる。見えなくても、射貫かれたのが分かった。

「ああ、君もそのつもりで、今後迂闊《うかつ》な言動はしないように。エセルバートにはディレクト侯爵家のダイアナ嬢との新しい婚約話が持ち上がっている。オルブライト公爵家と比べれば家格は一段下がるが、あの家の財力は相当なものだ。我が家に素晴らしい利益をもたらしてくれるだろう」

「……婚約……？」

一方的な会話の中から拾った単語に、フェリシアは呆然としていた。そんな様子に頓着することなく、リチャードは満足そうな吐息を漏らす。

「リースリア嬢との婚約を白紙に戻すなど勝手なことをして、一時はどうなることかと思ったが……オルブライト公爵家に恩を売ったと思えば、まぁこれはこれで悪くない結果になった。その点だけは褒めてやらないこともない。――そういうわけだから、君は速やかに身の程を弁えなさい。少しでも、エセルバートに感謝しているのなら」

どうやらリチャードはフェリシアをエセルバートの恋人か何かだと勘違いしているらしい。有益な婚約話が纏まりかけた今、邪魔者だと思っているのかもしれない。だが、今はそんな誤解はどうでもよかった。

ディレクト侯爵家のダイアナと言えば、まだ十三歳になったばかりのはずだ。その子供と、エセルバートが結婚する。すぐにではないにしても、その約束を交わす。貴族の子女としては、特別早くもないのかもしれない。噂では、お人形のように愛らしい顔立ちの少女だとか。正式に決まれば、もうフェリシアがここに居座ることなどできない。あの手も唇も、別の人のものになるのだから。

「そんな……」

「正式な婚約発表は三か月後だ。それまでには、完全に切れていてもらわなければ困る。

金が必要ならば、用意しよう」

「お金なんて……！」

そんなもの、要らない。必要ない。そう言いたいのに、上手くフェリシアの頭は働いてくれなかった。けれども考えてみれば、当然の話だ。エセルバートほどの人が、今までどの家からも望まれなかったというはずがない。相手はいくらでもいる。彼に相応しい家柄と美しさを兼ね備えた理想の令嬢が、それこそ列をなして待っているだろう。エセルバートはその中から一番つり合う女性を選ぶだけでいい。フェリシアなど、最初からお呼びではないのだ。

無作法にも握り締めたスカートに皺が寄る。よろめく身体をライナが支えてくれたが、その気配にさえ気がつかなかった。

――ああ、私……こんなにも……

アレンの駆け落ちを知ったときでさえ、こんな痛みは感じなかった。けれど今は心に負った傷が深すぎて、呼吸さえままならない。このまま死んでしまうのではないかというほど、苦しくて堪らなかった。――理由は分かっている。

――私、エセルバート様が好きなんだわ……

漸く名前の付いた感情に、涙が溢れた。本当は、その気持ちはずっと日の差さない奥底で育っていた。だが、見ない振りをしていたのだ。そうでなければ、あんな扱いを受けて理不尽だと思う心があったから。虐げられ、喜ぶ趣味などフェリシアにはない。それでも、彼の小さな優しさを見つけては、宝物のようにしまっていたことこそが、エセルバートを本心から嫌いになりたくないという表れだったのではないだろうか。傷ついたことさえ、捨てきれない期待があった証明だ。完全に諦めていれば、失望もするはずがない。

――でも、私はあの人のお荷物にしかならない……

家柄でも財産でも、フェリシアはエセルバートの利益になるものなど微塵も持っていない。むしろ足枷だ。この爛《ただ》れた関係が公にされれば、双方大きな傷を負う。

ディレクト侯爵はとても気位の高い方だと聞く。娘の結婚相手が屋敷内に別の女を住まわせているなど許さないに違いない。婚約発表という華々しい話題の前に、フェリシアは障害でしかなかった。

今までフェリシアは、物わかりのいい振りをして、他者に『いい子』を演じてきた。でも違う。本当の自分はもっと狡くて自己中心的だ。彼のためにならないと知って尚、傍にいたいと願っている。口先だけの約束に縋って、隣にいる権利を欲している。

けれども――

エセルバートにこれ以上疎まれることだけは、耐えられない。

幸せに、なって欲しい。

足手纏いにはなりたくない。それだけは絶対に嫌だと強く思う。

辛い裏切りを経験しても、立ち直ろうとしている彼ならば、きっと新しい幸福を掴めるはず。昔の優しさを取り戻してくれたエセルバートの未来に必要なのは――自分ではない。だとすれば今のフェリシアにしてあげられることは、たった一つだけ。

「……失礼いたします」

その日の午後、見舞いにやってきた父と共にフェリシアは引き留める使用人を振り切ってアシュトン子爵家へと戻り――そうしてその子爵家からも姿を消したのだった。

❀　❀　❀

「いい加減にしてください！　その件に関しては、自分で考えると申し上げたでしょう！」

エセルバートは常にない荒々しさで机を叩いた。部屋の片隅に控えていたライナがびくりと身を竦ませたが、父リチャードは片目を眇めただけだった。

「お前は何も分かっていない。今回のことでどれだけ私に恥をかかせたと思っているんだ!?　生意気な口をきいて……少しは恩を返したらどうなんだ！」

空気を震わせるほどの怒気を返されたが、そんなことに怯んではいられない。今までであれば、思わず反射的に口を噤んでしまったかもしれないが、今回は違う。諦められないものが胸の中にある。そのたった一つの光のために、エセルバートは正面から父親を睨み返した。

「貴方の決めた方と婚約など、絶対にしません」

「とにかく、これはもう決まったことだ！　お前は三か月後に開かれるディレクト侯爵のパーティーでダイアナ嬢と婚約を発表する。既に根回しは済んでいる。大々的に披露して、みっともない噂を完全に払拭しろ！　分かったな、命令だぞ！」

「待ってください！」

いつものように仕事を終えて帰ってみれば、フェリシアの姿は消えていた。

シン……と静まり返った屋敷の中で、ライナだけが眼を真っ赤にして泣き腫らしていた。

お引き留めすることができなかったと嘆く彼女を責めるつもりはない。エセルバートはすぐにアシュトン子爵家へ向かったが、本来なら約束や連絡もなく突然押しかけるなど、時間的にもあり得ない無礼千万さだ。普段の冷静なエセルバートであれば絶対にしない。しかし、そんな常識など吹き飛んでしまった。

けれども、そうして恥も外聞かなぐり捨てて得られた情報は、アシュトン子爵家からもフェリシアが姿を消したという事実だけ。呆然としたままグランヴィル伯爵家に戻れば、そこには父リチャードが待ち受けていた。

フェリシアがいない。ただそれだけで、屋敷中が陰鬱に沈んでいる。いや、元に戻っただけと言うべきなのかもしれない。エセルバートがここにきた当初から、グランヴィル伯爵家は薄暗く重苦しい空気に満ちていた。それが、フェリシアが滞在するようになってから――正確には幻想的な夜の散歩に二人で出たあの日から――何かが変わっていた。

帰りたいと思えるところ。居場所なのだと感じられる空間。そんな眼には見えない心地好い変化が確かにあった。

エセルバートが作り出したくて、それでもなかなかできずにいた温かい家。使用人たちにも笑顔が増えていたように思う。

しかし、全て失われてしまった。フェリシアの不在。その一点で世界は闇に閉ざされた。

「どうして……っ」

ずっと、彼女が好きだった。

十年も前から、彼女に焦がれ続けていた。十六の男が僅か八歳の少女に心を奪われた。

この感情はもう、恋というよりは醜い執着に近い。始まりは純真なものであったはずなのに、いったいいつからこんなにも爛れてしまったのだろう。

誰も愛さず、誰も信用しない。それこそが正しく生きる道だと思っていたあの頃。偽りの自分を組み立てて、決して内面を見せることなどせず緊張を漲らせていた。そうする内、『本当の自分』など己自身にも分からなくなっていった。

最初に過ちを教えてくれたのはアレン。年上の友人は、エセルバートの外側になど興味さえ抱かず、屈託なく話しかけてくれた。明るく太陽のように快活で、ときに眩しい、自分とは対極の人間。憧れと妬ましさ。混在する二つの感情さえも、初めて知るもの。親しい友人となるのに時間はかからず、そして彼はもっと大きな宝物と引き合わせてくれた。

アレンの小さなお姫様。とても可愛らしいのだと何度惚気《のろけ》られたことだろう。折に触れ語られ続けたせいで、まだ出会ってもいない内からフェリシアをよく知っている気分になっていた。

アシュトン子爵家に招かれて初めて彼女と顔を合わせ、どこか懐かしい感慨を抱いたのは、そのせいだ。

幼い声音で『初めまして』と挨拶をしてきた、物静かで聡明な眼をしていた少女。それだけならば、年齢の割に大人びた子供だという印象を持っただけだろう。だが、たまたまアレンが席を外したときに、彼女は言った。

『そんなに無理をしていたら、疲れませんか？』

アレンと似た観察眼で。けれどそれよりもより鋭く深く、エセルバートの柔らかな部分にまで突き刺さった言葉。本質を抉る質問に、エセルバートは愕然としてフェリシアを見つめた。

何年もかけ血の滲むような努力を重ねて作りあげたはずなのに、こんな小さな子供に一瞬で見抜かれるほど、自分の仮面は脆いものなのか。羞恥からくる怒りで眼の前が真っ赤になる。己の脆弱《ぜいじゃく》で薄っぺらな中身を指摘された気分で、思わず立ち上がっていた。

『お前みたいな子供に、何が分かる……!』

小さな子に本気であたるなど、どうかしている。丁寧な言葉遣いも忘れてエセルバートは思い切り怒鳴ってしまった。しかし、それだけ動揺していたのだ。苛立ちも露わに睨みつければ、彼女はたちまち涙をこぼした。

『ご、ごめんなさい……』

すっかり怯えて、ぼろぼろと泣き出したフェリシアに今度はこちらが焦ってしまった。女性にも子供にも常に紳士的に優しく接してきた。そうしなければいけないと教育され、内情はともかくも、形だけなら完璧にこなしていたと思う。このとき以外は。

『わ、私が悪かった……泣くな。いや、泣かないで』

『だって、怒っています……』

『もう、怒っていないから!』

八つも年下の少女になす術もなくオロオロとする自分はさぞかし滑稽だっただろう。父に知られれば、厳しい叱責を受けることになる。けれど、何故かとてもおかしくなってきてしまった。

アシュトン子爵家はグランヴィル伯爵家と違い、人の気配に満ちている。綺麗で清潔であること以上に大切にされている温もり。住む人たちへの情愛に溢れた不思議な雰囲気。

漂う香りさえも温かい。どれもが、エセルバートに安らぎを与えてくれた。

その中で、誰にも踏み込ませたことのない心の奥に勝手に触れてきた少女が泣いている。

顔を真っ赤にし、ぐいぐいと眼を擦る彼女は可愛かった。守ってあげたいような、大切にしてやりたいような、生まれて初めて知る感情がいくつも無限に湧いてくる。どうすれば、泣きやんでくれるのか。――いや、笑顔を見せてくれるのか。

『ほら、やっぱり怒ってる……』

『だから、怒っていないって……ああ、もう。ほらこれを見てご覧』

エセルバートは嗚咽を繰り返すフェリシアの眼前にコインを載せた手の平を突きつけた。何事かと眼を丸くし、一瞬息を止め泣くのを忘れた彼女にほっとする。充分視線を引きつけたところで拳を握り、数回空中で振った後に開いたそこには、コインはなくなっていた。

『え!?　どこにいってしまったの？』

『魔法だよ』

子供だましの手品だが、純真そうなフェリシアは充分騙せたらしい。納得のいかない顔で、エセルバートの手をひっくり返したり突いたりしている。すっかり涙は引っ込んでしまったのか、興味津々に頬を紅潮させていた。

『すごいです。もう一度、見せてください！』

『いいよ。でも、その代わりさっきのことは忘れてくれる？　約束してくれるかな』

『はい、分かりました。でも私、記憶力は悪くない方だから……魔法使いさん、心配なら私に魔法をかけて忘れさせてください』

すっかり信じきったフェリシアはそんなことを言っていた。あまりにも無垢で、自分には許されなかった子供時代を追体験したような気持ちになる。それは甘くて、擽ったい。

『いいよ。それじゃあ、魔法をかけるから眼を閉じて……』

ずっとそのままでいて欲しいと願っていた。あの頃はまだ、アレンと同じように可愛い妹ができた気分でいられた。見守っているだけで幸せだと、自分を誤魔化せたのは僅か数年だったけれども。

それから間もなくしてフェリシアは瞳の病を患った。同時期にたちの悪い風邪を拗《こじ》らせ寝込んでいたアレンを見舞えば、『自分の代わりにフェリシアを元気づけてやって欲しい』と頼まれた。

彼女と会うのはまだ三度目だったから、自分などが顔を見せても喜ぶはずはない。そう主張したが、『どうしても』と押し切られてしまった。仕方なく教えられた彼女の部屋に向かえば、中から何かが割れる音が聞こえて、思わず中へと飛び込んでいた。そして気がつけばフェリシアに抱きつかれていた。

『待っていた』

と、自分をアレンと信じ込んで縋ってくる彼女に違うなどとはとても言えなかった。涙ながらに会いたかったと呟くフェリシアは、以前会ったときよりも明らかに痩せていて、顔色の悪さが痛ましい。咄嗟にエセルバートが吐いた嘘は罪深い。だが、あのときは最良だと信じたのだ。

十日間にも満たない濃厚な日々。指先で交わす会話の、たどたどしくも何もかもが伝わり合うような不思議な感覚。あんな一体感は、他の誰とも得られない。きっと、この先も一生。相手がフェリシアだったから過ごせた、奇跡の時間だったのだ。

急速に彼女に惹かれてゆくのを止める術はなく、『特別』な存在であると認めざるを得なかった。だがそれも、『妹』に抱くものと同種だと言い聞かせた。どんな喧騒の中でも耳はフェリシアの声を拾い、瞳は姿を探し、頭の片隅に常に彼女がいても、そう思い込み続けた。見守ること。それが兄としての役目だから。

おかげでフェリシアの眼が誰に向いているのか。その瞳の中に宿る感情が何なのか。エセルバートには手に取るように分かった。分かってしまった。ずっと、彼女だけを見つめていたのだから当然かもしれない。病から回復し数年が経つ間に、フェリシアは少女から女性へと瞬く間に変化を遂げた。そうして彼女の中でアレンに対する『憧れ』が明確な『恋』になるのを傍らで見続けた。

いったい自分に何ができただろう。

その気持ちは育ててはいけないと忠告するべきだったのか。けれどもフェリシア自身が、隠し通そうとしているものを暴き立てて何になる。

一歩離れて見守ることしかできず、アレンよりもこちらを見て欲しいという言葉はとても伝えられなかった。そもそも、彼女にとってエセルバートは『兄』でしかない。男の範《はん》疇《ちゅう》にさえ入っていないのに、いくら努力をしてもフェリシアには届くはずもなかった。

本当に魔法が使えればよかったのに。そうすれば、たちまち全てが解決する。だが現実はそう簡単にはいかない。

自分の本心を騙し、誤魔化し、先延ばしにしてやがて己の抱える感情が恋だとはっきり気がついた頃、皮肉なタイミングで立場上断れない縁談が舞い込んだ。

　いくら嫌だと抵抗したところで、所詮エセルバートはグランヴィル伯爵家の駒でしかない。反論は封じられ、粛々と結婚への準備は進む。どうあがいたところで、フェリシアは振り向いてはくれない。それどころか彼女は、満面の笑みで祝いの言葉を贈ってきた。

軋んでゆく。胸のどこかが。同時に透明だった何かは濁っていった。耳元で囁くのは自分の声。――だったら、いっそ――

きっとこれが運命なのかと折れかけ諦めかけた頃、転がり込んできた絶好の機会。アレンとリースリアが駆け落ちを計ったのだ。このままどこまでも二人には逃げ続けてもらえないかとさえ願った。そうすれば婚約は破談だし、フェリシアだって区切りをつけられるに違いない。完全に諦められれば、きっと他へも眼が向く。そうすれば、自分の想いにも気がついてもらえるかもしれない。そんな期待を膨らませた。だが――

『――私は、この想いに殉じるつもりです』

凛と前を向き、彼女は告げてきた。

何をしても、いくら焦がれ待ち続けても、フェリシアは絶対に手に入らない。お前にな
ど興味はないのだと、万に一つも可能性はないのだと突きつけられたも同然だった。今や
もう、花開いた恋情の矛先はアレンへと定まっている。根を張り巡らせ、育ちきってし
まった。

弱々しく見えて、毅然とした眼差し。大人しいのかと思えば、無鉄砲な行動に出ること
もある。年齢の割に聡明な少女は、いつの間にか恋に身を捧げる大人の女になっていた。

そんなにアレンがいいのか。

血が繋がっている以上、結ばれることはあり得ない。それでも、彼のためなら命も惜し
くないと言うのか。

その瞬間、駆け抜けた激情の名は知らない。だが、確かにあのときエセルバートは壊れ
た。越えてはならない一線を軽々と飛び越えて、清らかだったフェリシアを自分と同じ場
所まで引きずり落とした。

――もう、愛されたいとは夢見ない。永遠に届くことのない感情なら、このまま腐り
落ちてしまえばいい。

伸ばした手は、この世で一番大切にしたい宝物を傷つけた。粉々に砕いて、原形を留めないほどに破壊し尽くして――心の底から安堵した。

――これでもう、彼女は私から離れられない。今まで通りアレンに接することだって難しいだろう。秘密を抱え、何もなかった素振りができるほど、フェリシアは強くない。いずれ、心さえも崩れてゆくに決まっている。そうすれば、完全に私のものだ。身体だけでなく、命も、未来も。――心以外は。

抜け殻のようなフェリシアの身体を抱いて、狂った哄笑《こうしょう》を響かせる。

手に入れた。傷つけたって構うものか。どうせならもっと壊れてしまえばいい。いっそ孕んで、どこにも帰れなくなればいい。

憎んで。恨んで。負の感情に喰われて、アレンのことなど忘れてしまえ。共に腐臭を放ち、この身をも滅ぼすまで――

「――煩《うるさ》い！　お前は親である私の言うことを黙って聞いていればいい！」

耳障りな父の怒声に、暗い回想を彷徨っていたエセルバートの意識は引き戻された。同時に、リチャードの振り払った拳が偶然にもエセルバートの頬を掠める。不運にも爪に引っかかったのか、一筋の赤い線が痛みと共に走った。

「……っ」

「たかが子爵の娘などに現《うつつ》を抜かしおって、この馬鹿者が！　そんなにあの娘がいいのならば、愛人にでもすればいいだろう。とにかくお前はダイアナ嬢と結婚するんだ。二度も勝手が通るとは思うなよ」

傲慢で、自分の意思が尊重されないとは夢にも思わない物言い。そうやって、父はいつもエセルバートを支配してきた。初めの内は残っていた反抗心も次第に削られ、いつしか口答えするのも面倒になっていた日々。元より、生きている意味も死ぬ理由も分からなかった身だ。無能だと、自分自身が罵られることは構わない。だが、フェリシアに関することだけは話が別だ。

「……撤回してください、父上。フェリシアを愛人にしろですって？　――冗談じゃない」

とんでもない侮辱に眩暈がする。他のことであれば、エセルバートも折れたかもしれないけれど、彼女の名誉が傷つけられるとあっては、我慢などできるはずもなかった。

「馬鹿馬鹿しい。お前にとって一番重要なのは、グランヴィル伯爵家を守ることだ。いつまでくだらない感情に振り回されている。いい加減大人になれ！」

「大人？　それは貴方のように平気で人を裏切り、不正に手を染め、権力と金の亡者に化すことですか？　でしたら丁重にお断りいたします。私は品性を売ってまで、この家を守るつもりはない」

「な、何だと？」

エセルバートからの初めての明確な拒絶に驚いたのか、リチャードは言葉を詰まらせた。

隙なく整えられた口ひげを屈辱に震わせる。

「き、貴様、この私に何という口の利き方を……こ、この家を継げなくなってもいいのか……!?」

たかが家の繁栄のために躍起になる父親が、酷く矮小《わいしょう》な生き物に見えた。人を犠牲にして、存続してもいったいどれほどの価値があるのだろう。後悔し続ける人生を送り、自らの子供にも同じ犠牲を強いて、その先に何があるのか。

今までエセルバートは可能な限り父親の思考を模倣しようとしていた。それが一番楽な生き方だったから。けれども、一度疑問を持ってしまえば、他人の決めた優先順位など脆くも崩れ去っていた。

――フェリシアを失ってまで守りたいものなど、初めから一つもないじゃないか

「私を勘当したいと言うのならば、ご自由に。ただしグランヴィル伯爵家の事業は私抜きではもはや成り立ちませんよ? 父上が現役を退かれてから古い悪習は一掃させていただきましたから。勿論、私腹を肥やすことばかりに腐心していた上役は、全て更迭《こうてつ》させていただきました。貴方の言葉に頷くばかりの輩はもう一人もいません」

仕事の一端を任せられるようになったときから、少しずつ集めた証言や書類。別に、いつか使おうと考えていたわけではない。しかし、今がそのときだ。

「生意気な若造がっ！　綺麗ごとだけでは世の中は渡っていけないのだ！　そんなことも分からんのか？」

「ええ。そうかもしれませんね。私も、一片たりとも後ろ暗いことをしていないと主張するつもりはありません。ですが……内政に関わることはどうでしょう？　例えば、王室の不利益になると分かっていながら結ばれた契約や、横行していた賄賂の証拠も全て揃っています。私が懇意にしていただいている皇太子殿下は、こういった不正を殊《こと》の外《ほか》お嫌いなのは、ご存知ですよね？」

「お、お前……実の父を脅すつもりなのか？」

　エセルバートの様子に誇張ではない色を嗅ぎ取ったのか、途端にリチャードは尻込みした。これで足りなければ、他にも色々と揃えることはできる。それこそ、グランヴィル伯爵家が揺らぎかねないほどのものを。言外にその意をこめれば、リチャードの顔色は如実に悪くなっていった。

　何重にも絡みついて、エセルバートの身動きを封じていた荊《いばら》が、枯れ落ちてゆくのを感じる。戒められていた心が、自由になってゆくのを。恐れるのは、身分をなくすことでも、父を怒らせることでもない。幼い頃には必要とも感じていなかったものなのに。いったいいつから勘違いしていたのだろう。本当に欲しかったものは、最初から別にある。

「あの小娘か……たかが女一人に惑わされおって……ならばアシュトン子爵家ごと潰して

くれるわ！　それでお前も目が覚めるだろう」

「リザンブール家に命令するつもりですか？　父上、あそことの交流は断たれた方がいいですよ。どうせもう先がない。それが読めなくなっているのなら、貴方はもう老いたということです」

最後通牒《つうちょう》として、彼がいつも秘密裡に汚れ仕事を押しつけている家名を出した。少し前までは、見ぬ振りをし、多少の融通もきかせた。けれど、フェリシアにとって害となるのならば、全力で排除する。それが、血の繋がった父親であっても。自分のいない間に、彼女を追い出した父を絶対に許せなかった。

「それから、義母上《ははうえ》が最近夢中になっている役者の男ですが、それも遠ざけた方が身のためだ。彼は違法な薬物を取り扱っています。近々捕まるでしょう。その際にいらぬ追及を受けたくなければ、今の内に手を切るべきです。――――ああ、もしも身に疚《やま》しい覚えがあるのでしたら、私が何とかして差しあげないこともないですよ？」

エセルバートの言葉の裏に含まれる意味を正確に汲み取ったリチャードは眼を見開いた。勿論、彼らがその薬で暴利を貪っているのは知っている。そして自分たちも楽しんでいることも。それら全て、エセルバートにはどうでもいいことの一つだった。父が、フェリシアを奪おうとするまでは。

今や蒼白になった父親は、ブルブルと震え出した。そうして怒りと恐怖がない交ぜになった視線を向けてくる。

「き、貴様……っ、自分で何を言っているのか分かっているのか！」

「ええ。熟知しております。貴方が、大人しく私を支配するだけで満足してくれていたらよかったのですけれど――彼女に手出しするつもりなら、全力で潰しますよ。私にはグランヴィル伯爵家そのものがどうなっても関係ありませんから」

元々、押しつけられたにすぎないものだ。だが、それは両親には永遠に理解できないに違いない。それでいい。分かり合いたいなどという思いは、とうの昔に潰えている。

「どうぞ、選んでください。今まで通りの暮らしを続けるのか、それとも破滅して社交界で嗤い者になるのかを。――いや、監獄で惨めな一生を終えるのかを」

ずっと、父に逆らう気さえ失せていた。それまでの重圧が嘘のように晴れている。自分のためではなく、フェリシアのために。そう思うだけで、何もかもが怖くはなかった。呪縛から解き放たれて、自由になる。放り出すのではない。守るために、前へ出る。

――分かり合えたと思った。

あれだけ痛めつけたのに、フェリシアは再び手を差し伸べてくれた。償う機会を与えてくれた。

彼女の瞳の病が再発した原因は、きっとエセルバートだ。たとえ医師が違うと断言したとしても、その思いは絶対に消えない。奪い、苦しめ、蔑んで、悦に入っていた薄汚い男への天罰は、最悪の方法でくだされた。あの瞬間の絶望を表現することはできない。

どこで間違えたのだろう？　守ってやりたいと思っていた。宝物のように大事にしたいと願っていた。それなのに、あれだけ好きだった彼女の笑顔を、忘れるほどに苛んだ。

瞳を覆い蹲るフェリシアを前にして己の所業に慄然とし、こんな事態になって漸く頭が冷静さを取り戻したが、もう遅い。

けれども、どうすればいいのか分からず距離を置くしかできなかった愚かな男に与えられた奇跡のような夜は、薔薇の香りに満ちていた。

昔のように言葉は交わさなくても、何かが通じたと感じたのは思い込みか。独り善がりな願望が見せた幻でしかなく、だからフェリシアはエセルバートのもとを去ったのか。

約束したのに。瞳が癒えた後も傍にいると。あの瞳に、自分の姿を映して欲しい。他の誰でもなく、エセルバートだけを。

戯れに似た口約束を頼りに、か細い糸を手繰り寄せる。せめてフェリシアの口から直接本心を聞きたい。それが恨み言であっても構わないから、想いの全てをぶつけて欲しかった。

暗闇の中、救われたのはエセルバートの方だ。光は彼女自身。一度その輝きを知ってしまえば、焦がれずにはいられない。漆黒の中、唯一の道標を目指して。

「今更、手放せない……絶対に」

「愚か者が。私がくだらない脅しに屈すると思うのか」

威勢のいいことを言いながらも、リチャードの声は微かに震えていた。それをどこか穏やかな気分で聞く。余裕さえ滲ませながらエセルバートは口角をあげた。

「――では、試してご覧になればいい。私と貴方、どちらが勝つのかを」

リチャードの息を呑む音が、鎮まり返った室内に響いた。

❀　❀　❀

修道院の朝は早い。まだ夜明け前から起き出して、聖書を読み祈りを捧げる。ミサの後には朝食をとり、時間があれば掃除洗濯をこなし、それから各自の仕事へと向かう。

まだ見習いのフェリシアも同じだった。

父に『心配しないで欲しい』という置き手紙を残し、行き先を告げずに飛び出して、ここにきてからもう三か月が経つ。今までとは全く違う生活にはなかなか慣れない。アシュトン子爵家では贅沢などしてこなかったと思っていたが、それでも世間一般的に見れば、充分恵まれた生活をしていたらしい。少なくとも、水仕事でアカギレが痛むのは、フェリシアにとって初めての経験だった。

「冷たい……」

冷え切った指先に息を吹きかけ、再びタライに沈んだ汚れものへ立ち向かう。まだ正式に修道女とはなっていないフェリシアには使徒職は与えられていない。その代わり、シスターたちの手が回らなかった掃除洗濯が専《もっぱ》らの役割だ。

毎日することがあるというのは素晴らしい。少なくとも忙しく手を動かしている間は、余計なことなど考えないで済む。過去も、未来も、煩わしいことは頭の隅に追いやれた。

あの日、リチャードとの対談の後、父に頼んで一緒に家へと帰った。そして、その足で一人飛び出したのだ。明確な目的地があったのではない。ただ、以前から調べていた修道院の扉を叩いていた。アレンへの報われない恋心を抱き、エセルバートに免罪を請いに行ったとき、いざとなればそこで一生を過ごす覚悟だった。場所は知っていたからどうにか辿りつけはしたが、視力はまだ本調子ではない。最初に応対してくれたシスターはさぞや驚いただろう。扉を開けたら、着の身着のまま、両眼を包帯で覆った薄汚れた女が立っていたのだから。

フェリシアは自分の素性を明かさなかった。きっと父は心配して探してくれているだろうが、もう戻るつもりはない。深く追及されないのに甘え、身元を知られる危険は少しでも避けたかった。

——私にはもう、別の誰かに嫁《とつ》ぐなんてできない……

アレンを想っていた頃には、それも仕方のない運命と受け止められたのに、今は考えることさえ厭わしかった。この身に触れたのはエセルバートだけ。最初で最後の人は、愛しいあの方であって欲しい。その思い出だけで、きっと生きてゆける。

――ごめんなさい、お父様……でも私、エセルバート様が結婚されるのを、近くで見ていられる自信がないの……

その点を取っても、恋だと思っていたアレンへの想いは、違ったのかもしれない。あれは憧れに近く、家族に対する独占欲も混じっていたのではないか。本当に人を愛するというのは、もっと激しくて、切なくて熱い。頭でどうこう考えた結論など、簡単に飛び越えていってしまう。

「フェリシア、無理をしては駄目よ。せっかくよくなったのに、また眼を悪くしたら大変だもの」

「ありがとうございます、院長様。最近はほとんど支障がありませんので」

四十代半ばの彼女は、柔和な笑顔で話しかけてくれる。その穏やかさにどれほど救われたことか。自然と笑みを浮かべたフェリシアも、洗濯の手を止め深く頭をさげた。

ここは決して大きな修道院ではないけれど、古い歴史を持ち、戒律が厳しいことでも有名だ。小高い山の上に建ち、常に寒風に晒されている。そのせいか、石造りの建物の中は大抵凍えるほどに冷たい。海風が吹きつける影響か作物は育ちにくく、貧弱な木々に囲まれる様はうら寂しく映った。

だが、とても静かな時間が流れている。

毎日くたくたになるまで働いて、疲れて眠るだけの毎日だが、外部から切り離され、まるで時が止まったかのような穏やかさには癒やされていた。誰も、フェリシアの事情を詮索しない。かといって無関心というわけではなく、適度な距離感で接してくれる。それがよかった。

ここにきて、初めて気負いなく話せる友人もでき、僅かながら自分の足で立っているという実感が湧いている。アシュトン子爵令嬢ではなく、ただのフェリシアとして生きている。

――エセルバート様も、きっとそうやって見てもらいたかったのだわ……

ふとした拍子に蘇る想いが胸を焦がした。普段は考えないように頭を空っぽにして働いていても、ごく僅かな隙間をついて溢れ出す記憶と感情。厄介なそれは、未だに御しきれていない。

――今、エセルバート様はダイアナ様と本当の信頼関係を築けているかしら……

そうであればいい。まだ幼い少女であれば、身分や財産だけに惑わされず、彼の本質をちゃんと見て好意を寄せてくれる。エセルバートの人柄を知れば、きっと惹かれずにはいられない。そうして彼自身も、いつかは。

「……っ」

「……フェリシア、どうしましたか？」

院長の呼びかけに意識が引き戻された。いくら押し込めても、一度溢れた想いは簡単に暴走するから困る。自分が物思いに耽っていたと気がつき、フェリシアは慌てて頭をさげた。

「も、申し訳ありません。ぼんやりしてしまって……」

「いいのよ。けれども悩みがあるのならば、私のところにいらっしゃいね」

「……ありがとうございます」

悩みならば、ある。抱えきれないほど大きくて重いものが。けれどもそれは、一生明かす気のない秘密だ。死ぬまでフェリシアが独りで背負ってゆく。それこそが罰であり――唯一許された救いでもある。本来であれば、今の自分にとって、過去に繋がるものは母の形見であるネックレスただ一つだ。修道女になるためにはそれも手放さなければならなかった。けれどフェリシアがまだ年若く、一生を決めてしまうには早すぎると言われ、首飾りは院長預かりになっている。望めば、いつでも見せてもらえるし、返してもらえる。それで充分だった。

いつか本当に神に仕えるときには手放さなければならないかもしれない。それでも、ぎりぎりまではフェリシアを支えてくれる。いや、仮に現物を失ったとしても、思い出だけで満たされる。エヤルバートがフェリシアのために直して組み上げてくれたネックレス。母の形見にして、一番の宝物。父が母のために選んで贈り、そうして母が大切に使ってフェリシアへと託された品。

　独りで家を出ると決めたときも、これだけは置いてくる気にはなれなかった。それは、次第に回復する視力の中で、気がついてしまったからだ。

　首の後ろにある留め金の部分は、以前とは違うパーツが使われていた。彫金を施された金具であった場所は、今はトパーズを小さな薔薇の形に削り出したものがあしらわれている。髪をおろしてしまえば、ひっそりと見えない場所にただ一粒。控えめに輝く黄色い石。思い出の薔薇が静かに咲いていた。

　そのことを知った瞬間、もう他には何もいらないと思えた。父と母、それからエセルバートの想いがこのネックレスに詰まっていないと感じられないはずがない。大切にされ、愛されているのだと、ストンと胸に落ちた充足感。それが、男女のものでなくても構わない。少しでも特別になれたのなら、何を悲しむことがあるのだろう。

　劇的に病状が快復したのは、それからだ。

　別れた日から三か月。忘れようと言い聞かせながらも、日にちを数えることはやめられなかった。予定通り執り行われるのであれば――今日はエセルバートとダイアナの婚約発表の日だ。華々しい場で、沢山の人々に祝福されながら、彼の新しい扉が開かれる。それでいい。それこそがフェリシアの望んだ幸せの形だから。

　かじかんだ指先に吹きかけた息が、真っ白な軌跡を描いて溶けていった。

「院長様、洗濯が終わったら、もっと仕事をください。今日は特に沢山働きたい気分なのです」

「そう……でも、今日はそれが終わったら、私の部屋にきてくれるかしら？　今後のことも相談したいの」

「はい……？」

　正式な修道女に加えてもらえるのだろうか。それとも何か失敗を犯してしまったのか。考えても分からないが、フェリシアは残りの洗濯を片づけていった。

　何も考えずに済むように、眼の前のことだけに集中したい。今日だけは、辛い作業でも喜んで引き受けられる。最後の濯《すす》ぎを終えて、固く絞ったシャツや下着を持って裏庭まで移動する。そのときにもわざと急いで歩いた。

　――明日になったら、父に手紙を出してみようか……叔父様は無事にリーズリア様と結婚できたかしら。ああ、私ったら、ちゃんと祝福の言葉も伝えていなかったわ……

　物干し台に向かって背筋を伸ばしたフェリシアは、麓《ふもと》の村に続く階段のずっと下に人影を見つけた。

　この修道院に辿りつくには、長い石段を上ってこなければならない。手すりなどはなく、雨や雪が降ればかなり滑って危険な階段は、目的のある者しか上ってはこず、来客は珍しい。修道女たちが帰ってくるには時間が早すぎた。郵便配達員でもない。

――村で何かあったのかしら？

朝の光が眩しくてほとんど見えないけれども、大きな影はそれが男性であるのを示していた。しっかりした足取りから、さほど高齢でないことも窺える。女子修道院に何の用事があるのかと、フェリシアの眼は自然そちらに吸い寄せられてしまった。

「あ……」

強い風が干したばかりの洗濯物を吹き飛ばす。慌てて追ったその先は、こちらに向かってくる人物のいる方だった。

「すみません、それを……っ」

拾ってくださいという台詞は、喉に絡んで出てこなかった。まだ距離は遠い。はっきり顔が認識できるかと問われれば、自信がないと答えるしかない。それでも、フェリシアが彼を見間違えるはずはなかった。

一歩一歩、踏みしめるようにゆっくりと。表情など陰になって窺えないのに、何故見つめられていると分かるのだろう。逸らされない視線は、フェリシアにだけ注がれている。

「……どうしてっ……」

艶やかな黒髪が風に乱された。もうすぐ、靴音まで聞こえてきそうな近さになる。眼を閉じていたって分かる、胸を掻き毟《むし》りたくなる懐かしさ。仮に眼も耳も機能しなくても、きっとフェリシアには分かってしまう。あの人の気配だけは。

「逃げないでください！」

無意識に後退《あとずさ》っていた足は固まった。一度止められてしまえば、もう根が生えたように動かし方さえ忘れてしまう。縫い止められた足は、無意味に砂利を踏みしめた。いや、違う、離れたくないと本当は思っているからだ。

じゃりじゃりと小石を踏む音が近づいてくる。瞬きさえできないまま、フェリシアはエセルバートが眼前に立つのを見守っていた。

「――やっと、会えた」

「どうして……」

同じ言葉しか繰り返せなくなったのかと自分を疑うほどに、他の台詞など見つからない。疑問符ばかりが頭をいっぱいにして、思考は錆びついたまま不協和音を奏でていた。

「これを」

差し出されたのは、吹き飛ばされてしまったシャツ。フェリシアはのろのろとそれを受け取り、握り締めた。

聞きたいことは沢山ある。それともこれは幻なのか。未練がましくも、会いたいと願ってしまうあさましさが見せた白昼夢なのかもしれない。手の中に感じる湿った布の感覚も、吹きすさぶ寒風も全てが現実なのに、足元だけが覚束ない。夢の中にいるように遠く感じた。

「ここは寒いですね。濡れたものを干したりしたら、凍りついてしまいそうだ」

「……この場所は、一番日当たりがいいですし、風が吹き抜けるせいかよく乾くんです……」

暢気《のんき》に洗濯物の話などしている自分が信じられなかった。これがたとえ幻覚であっても、語り合いたいのはそんなことではない。だが、口からは気の利いた言葉など何も出てはこなかった。

こんなところにいるはずのない人。いてはいけない人。けれども、あらゆる五感が彼の存在を突きつけてくる。視覚も聴覚も嗅覚も、何より肌に感じるエセルバートの気配。そして湧き上がるのは、罪深い感情だ。そこから眼を背けるためにフェリシアは何度も瞬きする。

ふと見下ろした自分の手がボロボロになっているのに気がついた。かつてからは考えられないほどに荒れ、爪の短くなった指先。それを恥ずかしいと思ったことはない。働く手だと、誇らしくさえあった。けれど、エセルバートにだけは見られたくなかった。

おずおずと両の手を背中に回して隠そうとした刹那、彼に摑まれてしまっていた。大きな手の平は変わらない。力強さも。ぐっと込みあげる想いが涙となってフェリシアの頬を伝った。

「……どうして、こんなところにいらしたのですか」

「会いたかったから」

これ以上明瞭で端的な理由はきっとない。長々と説明されるよりも、ストンとフェリシアの中へ落ちた。だが、友人や知り合いにだって会いたくなるときはある。用事があれば尚のこと。特別な意味とは限らない。

「……今日でなくても、いいはずです。婚約発表は夜ですか？　今から馬車を飛ばせば間に合う……」

「やはり、父からその話を聞いていたのですか。覚えていなくても、いいのに」

忘れられるはずがない。待っているわけでもない今日この日を、フェリシアは指折り数えていたのだから。

「まだ、お祝いを申し上げていませんでしたね。――ご婚約おめでとうございます、エセルバート様」

これを言いたくがないために逃げ出したはずが、結局は許してもらえなかった。頭をさげたまま、フェリシアは涙を堪える。渾身の理性を掻き集めて、震えそうになる声を抑えつけた。

「神に仕える身となった私は、ここからお二人の幸せを祈っております」

半分本当で、半分嘘だ。エセルバートの幸せは願っている。どうかもう、苦しまずにいて欲しい。だが、『お二人の』を祈れるほどにはまだ、フェリシアにとって流れた時間が短すぎた。真っ赤に開いた傷口からは、今も鮮血が滴り落ちている。それでも、なけなしの矜持で口角をあげた。

「貴方に、沢山の幸があらんことを」

「無理ですよ」

「――――え？」

「……ありがとうございます。でも、それは無理なんです。貴女がいなければ、私は永遠に幸福になどなれません」

アカギレだらけの手を包み込まれる。傷口には触れないよう慎重に握られ、他者の温もりが冷え切った指先から忍び込み、少しずつ広がってゆく。離してくれと振り解けない事実が、如実にフェリシアの本心を訴えていた。このまま時が止まってしまえばいいと、望むことは罪悪なのに。

「それから、貴女はまだ正式に神へ仕えてはいませんよ。院長に決して許可しないよう伝えてありますから」

「は？」

「あらあら、フェリシア。随分遅いから様子を見にきたら……先に捕まってしまったのね」

ゆったりとした足取りで現れた院長はエセルバートに頭をさげた。

「いらっしゃいませ、エセルバート様。予定よりも随分早いお着きですね」

「久し振りですね、院長。待ちきれずに、夜通し馬を走らせてしまいました」

既知の挨拶を交わす二人を、フェリシアは交互に見つめた。まるで今日、ここへエセルバートがくることは最初から決まっていたかのような口ぶりだ。いや、実際そうなのだろう。親しげに語り合う彼らは、昨日今日知り合ったという雰囲気ではなかった。

「では、ここで立ち話も何ですから、私の部屋へ行きましょう。まったく……予定が狂ってしまったわ。エセルバート様がいらっしゃる前にフェリシアには意思を確認しておこうと思っていたのに……」

「貴女がやっとここへ来てもいいとおっしゃってくれたのですから、待てるわけがないでしょう」

「あの……？」

残りの洗濯物を干すのを手伝ってくれた院長に背中を押され、フェリシアは修道院の奥にある院長室へ通された。勿論、エセルバートも一緒に。まるで事態が飲み込めないまま、三人で腰かける。向かいには院長。フェリシアの隣にはエセルバートが。

「さて、エセルバート様も到着されたことだし、何からお話しいたしましょうか」

「あの、エセルバート様は、私がここにいることをご存知だったのですか……!?」

「勿論。貴女の交友関係は広くないし、貴族令嬢が一人で行かれる場所も限られています。それでも、流石に着の身着のまま飛び出すとは思いませんでしたから、とても心配はしていました。貴女は本当に時折無謀で突飛なことをしでかす」

「……！」

だとすれば、この三か月は全て彼に筒抜けだったのか。だったら何故、今日という日にエセルバートはここへやってきたのか全く分からない。

「とはいえまさか、以前フェリシアが語っていた修道院が、私の育った孤児院を運営していたところだとは思いもよりませんでした。偶然とは恐ろしい」

「本当に。あの頑固で私の手を一番煩わせた子供が、こんなにも立派になって現れるなんて思いもよらなかったわ」

「院長！」

僅かに頬を赤らめた彼の表情は新鮮だった。昔のことには触れられたくないのか、咳払いで誤魔化している。

「その件は、今関係ないでしょう」

「ええ、そうね。でも、あんなに荒《すさ》んだ眼をしていた子が、こんなにも穏やかな瞳をすることができるようになったのだもの……少しぐらい喜んでもいいでしょう？　貴方は、他の子たちよりも聡い分、そんな内面を隠すことにも長けていたから、私はそれがとても悲しかったのよ……」

慈しみに満ちた眼差しでエセルバートを見つめた院長の目尻には、光るものがあった。それを拭った後、彼女はフェリシアに顔を向ける。

「貴女がここへきてから数日後、エセルバート様から人を探しているという連絡がありました。貴女は素性を語らなかったけれども、良家のお嬢様であるのはすぐに分かったわ。あの子が若い女性を必死になって追っているなんてねぇ……胸がいっぱいになるほど嬉しかった。……でも、今はまだ、会わせるわけにはいかないと思ったの」

三か月前、ここに辿りついた当時のフェリシアは瞳の病も完治はしておらず、何かあったのは明白なほどに憔悴《しょうすい》していた。暗い陰りの張りついた顔を見て、時間が必要だと院長は感じたのだと言う。

「だから、そのまま返事を返したわ。『お探しのお嬢さんはいるけれど、会わせることはできません』とね」

「その手紙を読んだとき、私はすぐにでも乗り込んで貴女を連れ戻すつもりでした。けれども、アシュトン子爵が――貴女の父上が、しばらくそっとしておいて欲しいと懇願してきました。それがあの子の望みならば、叶えてあげたいとね」

――無事でいるのなら構わない。いつか会えると信じられるから、遠くから見守りたい。

父の悲しい声が聞こえた気がした。多くを語り合える父娘関係ではなかったけれど、離れて一層その心を近くに感じられる。

「……お父様……」

「だから、待ちました。ひたすら仕事に打ち込み、じっと」

「その割には、毎日のようにフェリシアの様子を窺う手紙を寄こしましたね」

呆れた声を出す院長へ『黙っていてください』と返し、エセルバートは横にいるフェリシアに身体を向けた。

「……会いたかった。会いたくて、気が狂いそうでした。けれどそれが、私が君にしたことの報いなら、甘んじて受けようと思いました」

後悔を漲らせた声音に胸が震える。彼が自分にしたことを許せるのかと問われれば、フェリシアは『もう許している』と答える。もしかしたらこの先、不意に思い出して苦しむかもしれないが、それ以上に失いたくないものがある。少しでも傍にいたいと願った時点で、心は決まっていた。

「そんなこと……」

「フェリシア、貴女はもっと怒っていいし、憎んでもいいんです。私を罵っても構わない。貴女にはその権利がある。許して欲しいなんて、傲慢なことは思いません。その代わり、傍にいることを、認めてくれませんか」

いつかの夜。耳に届いていた謝罪。許しを請うのではなく、ひたすらに罪を悔いていた。薔薇の香りが、鼻の奥に蘇った気がした。

「……それは、無理です。だってエセルバート様はダイアナ様と……」

ただ同情や懺悔《ざんげ》のために傍にいることは耐えられない。歓喜する心とは裏腹に、フェリシアの理性は頭を振った。

「あんなもの、正式に断りましたよ」

「……え？」

「色々ありましたけれどね、漸く父も納得してくれました。もう私の好きにして構わないそうです」

以前よりも自信に満ち溢れた空気が伝わってきた。出生について彼が語ってくれたあの日とは、全く違う。

「フェリシア、貴女のおかげです。ありがとうございます」

「私は、何も――」

あの日でさえ、黙って聞いていることしかできなかった。そんな無力な自分にお礼を言うなどどうかしている。

「君が全部受け止めてくれたから。吐き出させてくれたから、冷静に自分自身にも父にも向き合うことができるようになりました。そして貴女のために、戦わなければいけないと思えるようになったんです」

いつの間にか握られた手の重みが、泣きたくなるほど懐かしい。握り返してもいいのかと戸惑うフェリシアの背中を押してくれたのは院長だ。

「フェリシアが、エセルバート様を変えてくれたのね。この子が貴方が出会うべき相手だったのね」

「はい。フェリシア以上の人はいません。一緒に生きていきたいと思えるのは、彼女ただ一人です」

「エセルバート様……」

まっすぐ注がれる視線が熱い。けれど、その熱には覚えがある。フェリシアが光を失っていたときにも、きっと彼はこんな瞳を向けてくれていた。愛しい者にだけ傾けられる情熱的な眼差しを。

「フェリシア、私の所業は一生をかけて償いますから、それを隣で見届けてくれませんか。貴女の傍にいることをどうか許して欲しい」

優しいキスは指先に落とされた。皮が剝け、傷だらけのフェリシアの手が、宝物のように扱われる。まるで騎士が主へ誓いを立てるのに似た静謐さで、床に膝をついたエセルバートがこちらを見上げてきた。

「結婚してください。何でもします。この先の貴女の人生がよりよいものになるのを、手伝わせて欲しい。……この想いに殉じる許しをください。もうずっと、愛しているのです」

「……！」

言葉だけでは伝わらないものがある。同時に、言葉にされなければ分からないこともある。理解していて尚、口にして欲しい想いもある。

驚きも、歓喜も一緒くたになって、フェリシアの瞳から涙が溢れ出した。

「嘘……」

「私は貴女にもう二度と嘘はつかないと約束しました」

止まらない滴のせいで視界が霞む。エセルバートは優しく涙を拭ってくれた。

「ああ、でも……一つだけ約束を、守れませんでした」

「え？」

「貴女の眼が回復したとき、傍にいると約束したのに。随分、出遅れてしまったようです」

睫毛を擽られ、涙袋を辿られた。エセルバートの親指が、ゆっくりとフェリシアの目尻を確かめる。

「もしも貴女の視力が失われたままなら、代わりに私が眼になるつもりでした。そして治ったなら、もう一度フェリシアの美しい瞳に映して欲しいと思っていました。これから先、一生」

「私には……そんな資格……っ」

「資格がないのは、私の方です。父や母のことなら心配しないでください。もう彼らには何も言わせやしない。アレンと立ち上がた事業が殊の外好調でね。これからはあれが主軸になってくれるし、グランヴィル家のどの事業も私がいなければ成り立ちません。感情のまま私を勘当するほど、父も愚かではない……それとも、やっぱり私が嫌いですか？」

不安に揺らめく夕闇の色に惹きこまれた。こくりと上下した喉が、掠れた息を漏らす。

「……嫌いでは、ありません」

「それだけで、今は充分です」

その先を求めようとしないエセルバートに、フェリシアは慌てて頭を振った。そして、跪いたままの彼と同じように床へ座り込む。

「私……、エセルバート様をお慕いしています……」

初めての告白は、弱々しく語尾が掠れた。心音だけが煩くて、碌に音が聞こえない。それでも、彼の声だけはとてもはっきり耳に届いた。

「……本当に？」

「私も、嘘なんてつきません。いつだって、私の手を引いてくれたのは、貴方だったでしょう？　このまま、ついて行ってもいいのですか？」

今度はフェリシアの方からエセルバートの手を握った。自分の涙に濡れた彼の指先を愛おしく撫で、万感の想いをこめて見つめ返す。

「傍にいてくれるのでしょう？」

約束がまだ有効ならばとフェリシアが言えば、エセルバートから強く抱き寄せられていた。しなった背中に、痛いほど彼の腕が回されている。苦しいと肩を叩いて告げても拘束が弱まることはなく、更にエセルバートの鼻がフェリシアの首筋へと埋められた。

「エセルバート様……っ」

「あらあら、若い方たちはいいわね」

院長の上品な笑い声に、二人っきりではなかったことを思い出し、フェリシアは血の気が引いた。修道院という神聖な場所で、しかも院長に見守られながら抱擁を交わすなど罰当たりと誹《そし》られても仕方がない。慌ててエセルバートの作り出す檻から逃げ出そうと試みたが、絡みつく腕の力は弱まらず、全て無駄な抵抗に終わった。

「駄目です……！　こんなところで」

「ごめんなさいね。諦めた方がいいわ、フェリシア。だってこの子は……生まれて初めて本当に自分が欲しいものを手に入れたんだもの」

肩の辺りに濡れた感触があった。熱い雫がフェリシアの身につける見習い服に染み込んで、ひんやりと冷えてゆく。ならば、フェリシアがすることは一つだけだ。

微かに震える彼の頭をそっと撫でる。広い背中をポンポンと叩き、自分自身も眼を閉じた。エセルバートの震えが止まるまで、ずっと。

エピローグ

——本当は、この手で殺《あや》めてしまおうかと思っていた。

アレンとリースリアが駆け落ちをしたと知って、エセルバートはほくそ笑んだ。それは勿論、親友の部屋へ様子を見に行く前から摑んでいた情報だ。むしろ、今か今かと待っていた。

断れない縁談を持ち込まれ、円満にかつ迅速に断るためにはどうすればいいかと色々策を巡らせた。ただ拒絶するのは、あまりに不利益を被りかねない。一番いいのは、先方の都合で破棄されること。それも、こちらが恩を売った形に持っていければ、今後のためにもなる。

ならばと頭を働かせ、絶好の方法を思いついた。上手くいけば、フェリシアの想いも断ち切ることができる、一石二鳥どころか三鳥だ。

アレンは恋愛事に疎そうに見えるけれども、あれは理想が高いせいだ。育てたのも同然のフェリシアが美しく聡明で控えめになったのは、無意識に自分の好みを反映させたからに他ならない。あれだけの女性が傍にいて、他の姦《かしま》しいだけの女など眼に入るはずがない。

対してリースリアは、お人形のように見えて胸に熱いものを秘めている。本当は、政略結婚などではなく激しい恋に身を投じ、誰かを支え愛したいと願っている。

早速アレンとリースリアを引き合わせて、それとなく彼らの感情を誘導した。元々相性の良さそうな二人だと思っていたから、お膳立てしてやるだけで予想以上に深みに嵌まってくれたのは嬉しい誤算だ。密会の現場でも押さえられればと考えていたのだが、まさか本当に彼らが手を取り合って逃げ出すとは。二人の性格からして、もう少し時間がかかるかもしれないと踏んでいたけれど、思いのほか展開が早く驚かされる。

だが、何もかも捨てて構わないという潔さには嫉妬さえ抱いた。そんな風に愛し合える彼らが羨ましく、自分もフェリシアと、と願ったがこちらはかなり遠回りしてしまった。

完全に制御できていると信じていた己の激情が、あれほどまでに野蛮で貪欲だったとは。怒りで我を忘れるなど、生まれて初めての体験だった。結果的に彼女を傷つけてしまい、あれだけは、いくら悔やんでも悔やみきれない。他にもっといい方法はなかったのかと自問自答を今でもする。

それでもこの結果に至れたのだから、文句は言うまい。道筋はどうあれ、結末は変わらない。フェリシアはこの腕の中にいる。今も、これから先もずっと。大切なのはそれだけだ。

愛しい人の身体を抱き締め、その感触を味わえば天上の楽園など足元にも及ばないと思う。これ以上の幸福感など、きっとどこにもありはしない。

――ありがとう、アレン。君は本当に私の親友だよ。いつだって未知の、素晴らしいものを教えてくれる。最悪、君を失ってしまうかもしれないと案じていたが……万事上手くいって、心底よかった。

年上の親友に礼を述《ほふ》べ、愛し合った後腕の中で眠るフェリシアへ口づけた。最悪の場合、この手で彼を屠る筋書きも考えていたが、実行に移さずに済んで安心した。流石に、血濡れた手で愛しいフェリシアを抱くのは気が引ける。そう考え、自分にもそんな感傷が残っていたのかと興味深く感じた。それもこれも、アレンが教えてくれた人間らしい感情のおかげかもしれない。だとすれば、やはり彼は大切な親友だ。フェリシアを得るためには邪魔でしかなかったけれども。

――もう放さない。絶対に。たとえ貴女が泣いて嫌がっても。もしも誰かに奪われるくらいなら、いっそ。

こんなに醜い己の本性は、永遠に隠し通す。他の誰に知られても構わないが、フェリシアだけには見せるわけにはいかない。尤も、その片鱗は覗かせてしまっているが。これから先の一生をかけて、償ってゆく。

「……こんな男に愛されて、可哀想に……ごめんね。……本当に心から貴女が哀れで愛おしいよ」

エセルバートは届かない懺悔の言葉を吐いて、ゆっくりと目蓋をおろした。

❀　❀　❀

活気溢れる港では、沢山の人が行き交っていた。荷物を運ぶ人、別れを惜しむ見送り、観光客に土産物を売ろうと多数の露店も設けられている。その合間を吹き抜けてゆく潮風が、フェリシアの項を擽った。

「帽子が飛ばされてしまいそう」

「私が持っていましょうか？」

「そんなこと、エセルバート様にさせられません」

きっぱりと断れば、明るい笑い声が降ってきた。隣からだけではなく、前からも。

「すっかり奥様らしくなったなぁ、フェリシア」

「叔父様、お見送りありがとうございます」

「兄さんはどうしても仕事でこられないからね、代わりに私がしっかりと大事な姪っ子を送り出さないと」

すっかり父親らしい落ち着きを身につけたアレンの腕には、幼子が抱かれている。リースリアとの間に生まれた第一子は女の子だった。そのせいか、彼はデレデレと締まりのない顔になっている。

「心配しなくても、私がついているのだから大丈夫ですよ」

「エセルバート……そうは言ってもな、お前にも娘が生まれれば分かるだろうが、女の子っていうのは心配がつきないものなんだよ。悪い男に誑《たぶら》かされたらと思うと……！」

「私が悪い男だとでも？」

「大事な娘や妹同然のフェリシアを奪っていくのは、皆等しく悪人に決まっている」

言い切るアレンの胸を軽く拳で打ったエセルバートは、フェリシアを振り返った。

「まぁ、悪い男というのは当たっているかな」

ひっそり呟かれた言葉は、フェリシアにしか届かないまま、港の風に吹き飛ばされる。

「行こう。間もなく時間だ」

豪華客船に搭乗するエセルバートとフェリシアに向かい、アレンが手を振る。抱かれた幼子も父親を真似て手を振るのが可愛らしかった。

これから新婚旅行の旅に出る。エセルバートが不在の間は、仕事についてはアレンが任せろと請け負ってくれた。十日ばかりの旅程だが、フェリシアは楽しみにしすぎて昨夜は眠れなかったくらいだ。

「船に乗るのは初めてです」

豪華で広々とした客室は、とても船の中とは思えなかった。驚きはしゃぐフェリシアを、エセルバートが背後から抱き締める。

「思ったよりも、時間がかかってすみません」

「い、いいんです。色々簡単にはいかないと分かっていましたから……」

ダイアナとの婚約を白紙に戻したとエセルバートは語っていたが、グランヴィル伯爵はなかなかしぶとかった。それまで息子を完全に支配していると信じていただけに、彼の反抗が受け入れ難かったのだろう。あの手この手でフェリシアとの間を引き裂こうとしたが、エセルバートは一歩も引かずに応戦した。そんなやり取りに疲れたのか、リチャードは最近ではすっかり老けこんで、家督を譲るとまで弱気になっているらしい。

「私は信じて待っていただけですから」

勿論、フェリシアだって彼の両親に認めてもらうべく並々ならぬ努力はした。あらゆる知識や教養を身につけて、未来の伯爵夫人として恥ずかしくはないように。

けれど、そのことを強調するつもりはない。こうして共にいられるならば、何もかも過去にすぎず、大切なのは今だ。

二人の努力の甲斐あって、やっと結婚を認められたのだが、そこから更に一年近くエセルバートは忙しく立ち働いた。それは全てフェリシアのためだ。家柄がつり合っているとは言えない二人の婚姻を快く思わない者は多かった。孫娘を溺愛するディレクト侯爵もその一人。

もしもエセルバートが小さな失敗を犯せば、『ほら見たことか』と攻撃の矛先がフェリシアにいきかねない。だからこそ、しっかりと地盤を固めるため、新婚旅行も先送りにされていた。

「やっと、心置きなく貴女に溺れられる」

「あ……」

耳朶を食まれて、ゾクゾクと愉悦が生まれる。熱い吐息に擽られ、首筋はたちまち粟立った。

出航を知らせる汽笛が高らかに鳴らされている。煩いほど空気を震わせるその音の中で、フェリシアとエセルバートは濃厚なキスを交わした。互いの口内に舌を這わせて絡ませ合う。何度も角度を変え、フェリシアは拙い息継ぎをしながらも彼を求めた。

「綺麗――」

エセルバートの肩越しに海と空が煌めいている。青と白で構成された世界が、円い窓に切り取られていた。眩しいほどの光が乱反射して踊っている中、彼と共にあれることが堪らなく嬉しい。

「外に出てみましょうか。この部屋は専用のデッキがついているから」

手を引かれ、外へと繋がる扉を開けば、潮風がフェリシアの髪を乱した。離れてゆく岸では沢山の人々が手を振っている。あの中には、まだアレンがいて手を振ってくれているかもしれない。そう思い、フェリシアも小さく振り返した。リースリアのお腹の中には、二人目の子供が宿っている。だから今日の見送りには駆けつけられなかったと告げられ、フェリシアは心の底から祝いの言葉を述べた。

「ここからでは遠くて、人の顔など判別できませんね」

「でも、皆きっと笑顔ですよ」

きっとそうなのだろう。自分が幸福感に満たされているおかげか、誰もかれもが新しい門出に期待を膨らませているように感じられる。フェリシアは大きく頷き、そして大切にしまっていたハンカチを取り出した。

青い布は、以前よりも更にほつれ、引き攣れた跡もそのままに薄汚れていた。四角く折り畳まれた表面を一撫でし、フェリシアは顔をあげる。

「それは――」

「叔父様に、いただいたものです」

傷ついた顔をするエセルバートに微笑みかけ、フェリシアはハンカチを載せた右手を頭上に高く掲げて、指先から力を抜いた。

「――あっ！」

あっという間に吹き飛ばされた布きれは、海と空の青さに吸い込まれる。不規則に形を変えながら遠退いて、やがて海面へと着水し見えなくなった。

「何故……っ」

手すりから身を乗り出して、今にも取りに行くために飛び込みかねない彼の背へ、フェリシアは身を寄せた。

「あれは貴女の大切なものなのでしょう」

「もう、いいのです。私には、もっと大事にしたいと願うものがあるから」

エセルバートがいつもどこか不安そうに瞳を揺らめかせていたのは知っていた。口には出さずとも、このハンカチの行方を気にしていたことも。きっとエセルバートにとって、これは痛みを象徴するものなのかもしれない。捨てろと言われることは二度となかったけれども、苦しげにしていたことも気がついていた。とはいえ、人から貰ったものを処分するのは気が引けて、フェリシアは結局引き出しの奥深くにしまったままにしていた。

「今日、こうするのが丁度いいと思ったのです。同じ色の世界に返してやるのが、相応しいと考えていました。悪戯な風に飛ばされてしまったのなら、きっと叔父様も許してくれます」

「貴女って人は……」

虚をつかれ呆然としていたエセルバートが困ったように笑う。こんな表情もフェリシアの胸を甘く締めつける。

正面から抱き合って、互いの心音を探した。波と風の音で微かな音など消されてしまうが、ちゃんと聞こえる気がするから不思議だ。それは彼も同じなのか、微笑み合ってまた耳を傾ける。そうして、言葉は交わさずに心配しないでと心の中で告げた。

——私は貴方の傍を離れない。繋いだ手を、二度と放したりはしない。……だから、そんなに自分を責めないで欲しい。

不意に過《よぎ》るエセルバートの狂気。それを彼は必死に押し殺している。ただひたすら、フェリシアのために。危うい綱渡りのような拮抗を保ちながら、溢れんばかりの愛情を注いでくれる。だから今は、それでいい。エセルバートが隠すと言うなら、自分はずっと気づかぬ振りをする。でもいつか、その心の内を曝け出してくれないだろうか。

——今度こそ、受け止めてみせるから。エセルバート様が私にだけ見せてくれる姿ならば、もう怖いとは思わない。

傷つけて傷つけられて、漸く辿りついた今だから、この瞬間がどれほど奇跡の上に成り立っているかがよく分かった。一瞬さえも愛おしくて、フェリシアはエセルバートの胸へ頬を擦りつける。

「寒い？　中に入りましょうか」

「いいえ、大丈夫」

もっとこのままでと言いかけた言葉は、彼の口内に飲み込まれてしまった。そうして不埒な手に導かれるまま、室内へと連れ戻される。エセルバートの手が、フェリシアの腰から背骨を辿って上へのぼり、それから再び下を目指し出す。

「……んっ」

卑猥な手つきで尻と太腿を撫でられて、縺れながら大きな寝台へと転がった。

「……景色を、見ないのですか」

「そんなもの、いつでも見られます。でも、今の貴女はこの瞬間しかいないでしょう」

それこそいつでも見られると思ったが、フェリシアは当たり前のことが次の瞬間には失われる可能性があるのも知っていた。あれ以来瞳に不調は感じないけれども、今後ずっと大丈夫と保証されたわけではない。いつかまた、同じ症状は現れるかもしれない。それ以外にも別の障害が立ち塞がる可能性だってある。だとすれば、今見つめるべき優先順位は決まっていた。

覆い被さるエセルバートの顔を両手で挟み、じっと宵闇の色を覗き込んだ。次第に顔が近づけば、漆黒の髪が帳《とばり》のように降りてくる。

「愛しています……フェリシア」

「私も……」

もどかしく脱ぎ捨てた服が散らばり、完璧に整えられていた客室はたちまち猥雑な空気に染まった。まだ日の光が眩しい時間帯、海鳴りだけが聞こえてくる。健全そのものの部屋の中でフェリシアはエセルバートの指先に乱されていた。

「……ぁ、く……ふぅ……っ」

長い指に腹の底を探られながら卑猥な蕾を舐められると、声が抑え切れなくなってしまう。いくら片手で口を塞いでも、漏れ出る嬌声は大きくなるばかりだ。エセルバートもわざとフェリシアが冷静ではいられないところばかりを巧みに攻めたてるので、先ほどから爪先が何度も痙攣してしまっている。

「や、ぁ……っ、そこは……！」

根元を扱きあげられるよりも、すっかり充血し硬くなった先端を擂られる方が鮮烈な快楽を呼んだ。エセルバートの口内へ吸い上げられた花芽を舌で摩擦されて、フェリシアは一気に弾けた。

「ぁ、あ……ああッ」

「相変わらず、ここが弱い」

楽しげにされると、いいように翻弄されている気がしたが、彼の笑顔が見られるのは嬉しい。そんな表情を見せてくれるのならば許せてしまう自分は、どこまでエセルバートに溺れているのだろう。

「エセルバート様だって……」

お返しに彼の胸へと手を伸ばせば、届く寸前に捕らえられてしまった。そしてそのままリネンへと張りつけられる。

「悪戯好きな手ですね。でも今日は大人しくしていてください」

「ず、狡《ずる》いです……」

一纏めにされてしまった両手では、フェリシアの脇腹から脚の付け根へと艶めかしく動くエセルバートの手を遮ることができない。擽ったさに身をくねらせれば、からかうように腹の上を指先が踊った。臍《へそ》を取り囲むようにくるりと円を描かれ、思わず膝を擦り合わせる。

「そうですよ、私は狡くて悪い男だから」

「また、そんなことを……！」

押し開かれた脚の間に彼の視線を感じ、より一層フェリシアの体温はあがった。火を噴きそうなほどに火照った肌がしっとりと汗ばんでいる。濡れた花弁が物欲しげに蜜をこぼした。

「今までの貴女も、これから先の時間も心も身体も……全部を奪います」

無理に強奪しなくても、エセルバートになら全て捧げられる。隘路を開かれる感覚に、フェリシアは甘い鳴き声を漏らした。濡れた襞を擦られて、虚ろをいっぱいに埋められる。

圧倒的な充足感で、丸まった爪先がヒクヒクと宙を掻いた。

「あ……ぁ、ああ……っ」

すっかり彼の形に馴染んでいるフェリシアの内側は、すぐに蕩けてエセルバートを迎え入れてしまう。貪欲に舐めしゃぶり、奥へと誘うのはいつものこと。今日は、普段と違う船の上という状況が、更なる快楽に拍車をかけた。

「貴女の中は、いつも温かく包み込んでくれる……っ」

「そんな、恥ずかしい……こと、言わないで……っ」

言葉を発するだけでも振動が内部に響いて、新しい刺激に変わる。ゆったりと腰を回されれば、ぐちゅりと淫らな音が下肢から響いた。

「ひ、ぁッ」

「大きな客船だから、ほとんど揺れませんね。波の不規則なうねりの中で交わるのも、面白いかと思っていたのに」

小刻みに揺さぶられれば、掻き出された蜜液が泡になって敷布を汚した。いつの間にかフェリシアの腕は解放されていたが、あまりの快楽の強さに枕を握り締めてしまう。

「はぁ……んッ、ぁ、あ……」

「さっきのデッキは開放感があってよかったですね。次はあそこで睦《むつ》み合いましょうか」

「……!?　じょ、冗談ですよね？」

淫悦に支配されていたフェリシアにも、そんな恐ろしい言葉は聞き取れた。思わず眼を見開いて、頬を引き攣らせながらエセルバートを見上げてしまう。

「さぁ？　貴女がどうしても嫌だと言うなら、やめますけれども」

お断りします、と返すために吸い込んだ息は、淫らな嬌声となって喉を震わせた。フェリシアが拒絶の言葉を口にしようとする度、エセルバートが腰を突き上げる。知り尽くされた弱い部分をねっとりと責められて、まともな台詞など紡げるはずもなかった。

「あっ、ゃあんッ……あ、ァあっ……」

「何も言わないということは、構わないという意味でしょうか」

「ち、違……っ、ああッ」

根元まで押し込まれた屹立がフェリシアを容赦なく快楽の坩堝《るつぼ》に落とす。吹き出た汗も涙も舐めとられ、白い乳房を掬いあげられた。中央の飾りを摘まれれば、逃し切れない悦楽が走り抜ける。

「あぁあッ……く、ぁッ」

跳ね上げてしまった腰の動きに合わせて穿たれて、敏感な花芽も押し潰された。そうなれば、抗うことなどできるはずもない。

「ひ、ぁあああ――っ」

「……っ」

一拍遅れて、エセルバートが息を詰めた。フェリシアの腹の奥へと放たれる精が熱を伴って広がってゆく。一滴残らず飲み干そうと蠕動する肉体が、打ち寄せる波のように快感を幾度も運んできた。

「ぁ……あ……」

「フェリシア、愛しています」

惜しみなく心を注いでくれながらも、彼の瞳にはまだ不安の色が揺れていた。もしも自分が背を向けてしまったら、簡単に暗がりの中へ堕ちていってしまいそうな危うさを抱えている。けれどフェリシアがしっかりと手を繋ぎ合わせれば、ほっと安心した顔をしてくれた。だから、絶対にエセルバートの手を放さないと心に誓う。

「……私、も……」

幸せすぎて眩暈がする。愛しい男の腕の中で、フェリシアは微笑みを浮かべて眠りに落ちる。エセルバートはそれをいつまでも見守っていた。

あとがき

初めましての方も、二度目以降の方もこんにちは。山野辺《やまのべ》りりと申します。

「今回、シリアスで酷《ひど》い男の話にしましょうか」という担当様のお言葉により、原点回帰《げんてんかいき》なつもりで頑張りました。だから、「酷すぎる！」という苦情は私ではなく、どうぞ担当様にお願いします……（悪い男を書くのはとても楽しかったです。ノリノリで書くあまり、途中「あれ、これヒロインちゃんが悪者に色々エロエロされる話だっけ？」となったのは秘密）。

プロットの打ち合わせ中、ヒロインの眼が一時的に見えなくなってしまうという案を思いつきましたので、それを最大限活かした描写ができないかと、模索してみました。結果、……難しかったです！　でも、とても楽しかったです。視覚から得られる表現ができない分、あれこれ工夫することができました。そのあたりの試行錯誤もどうぞお楽しみください。

イラストを描いてくださった氷堂《ひどう》れん様。可愛らしくも妖艶なイラストをありがとうございます。表情が素晴らしくて、何度も見つめてしまいました。

いつも的確なアドバイスをくださる担当様、最後まで見捨てないでくださりありがとうございます。

そして『暗闇に秘めた恋』を手に取ってくださった皆様に、最大限の感謝を！

この本を読んでのご意見・ご感想をお待ちしております。

◆ あて先 ◆

〒101-0051
東京都千代田区神田神保町2-4-7 久月神田ビル7階
㈱イースト・プレス　ソーニャ文庫編集部
山野辺りり先生／氷堂れん先生

暗闇《くらやみ》に秘《ひ》めた恋《こい》

2016年7月9日　第1刷発行

著　　者　山野辺《やまのべ》りり
イラスト　氷堂《ひどう》れん
装　　丁　imagejack.inc
D　T　P　松井和彌
編集・発行人　安本千恵子
発　行　所　株式会社イースト・プレス
〒101-0051
東京都千代田区神田神保町2-4-7 久月神田ビル8階
TEL 03-5213-4700　　FAX 03-5213-4701
印　刷　所　中央精版印刷株式会社

ISBN 978-4-7816-9580-8
定価はカバーに表示してあります。